一棹水云长

李伯廷 著

山西出版传媒集团

山西人民出版社

图书在版编目（CIP）数据

一棹水云长/李伯廷著. — 太原 ：山西人民出版社，2024.6

ISBN 978-7-203-13386-5

Ⅰ.①一… Ⅱ.①李… Ⅲ.①诗词－作品集－中国－当代 Ⅳ.①

I227

中国国家版本馆CIP数据核字(2024)第101860号

一棹水云长

著　　者：	李伯廷	
责任编辑：	魏　红	
复　　审：	刘小玲	
终　　审：	梁晋华	
装帧设计：	侯亚萍	

出 版 者：山西出版传媒集团·山西人民出版社

地　　址：太原市建设南路 21 号

邮　　编：030012

发行营销：0351—4922220　4955996　4956039　4922127（传真）

天猫官网：https://sxrmcbs.tmall.com　电话：0351—4922159

E—mail：sxskcb@163.com　发行部

　　　　　sxskcb@126.com　总编室

网　　址：www.sxskcb.com

经 销 者：山西出版传媒集团·山西人民出版社

承 印 厂：山西省教育学院印刷厂

开　　本：890mm×1240mm　　1/32

印　　张：8

字　　数：180 千字

版　　次：2024 年 6 月　第 1 版

印　　次：2024 年 6 月　第 1 次印刷

书　　号：ISBN 978-7-203-13386-5

定　　价：68.00 元

如有印装质量问题请与本社联系调换

序

写给《一棹水云长》

赵丽娜

"不言道上红尘事，但尽君前满盏情"，这是李伯廷诗集《一棹水云长》第一首诗中的一句。"今时取归路，千里作一程"。退休时总是思绪万千，或许这是他写《退休宴》随手拈来的一联流水对。但在我看来这是一个喜欢读诗、写诗人的真实生活写照，不顾红尘喧嚣之事，只在意诗情酒情，是一个真正退休人的心态，是一个有诗情画意人的心态。

认识作者的时间不算长，大概只有五六年时间。网海茫茫，因诗结缘，他给我发来一组诗，读后觉得如朋友间侃侃交谈，如春风拂面缓缓散步，如冬日雪塬上默默追逐……陶醉在他的诗中，性情的洋溢，精致的细节，让我欲罢不能。

后来介绍他加入太原诗词学会、冰雪诗社、龙吟诗社，他在诗海中更加自由地畅游搏击，诗词水平也有了大幅度的提高，每首诗都是他生活的提炼和升华。抒情言志，吟咏祖国山河，尽诉家国情怀，激情澎湃皆转化成诗句，承先贤之骨，扬大雅之风，他的诗更达到了一种新的境界。

虽然和作者已经在网上很熟悉了，但真正见面还是在太原诗词学会《诗咏锦绣太原》一书的签发仪式上。现实中的他比网上的照片显得年轻一些，瘦高的身材，戴着一副眼镜，看起来很儒雅。我们一见如故，没有陌生感，好像多年未见的好友，聊了很多……

他的诗集《一棹水云长》就要问世了，前几天给我寄来了诗稿，细细研读了几天，完全进入了他的诗境。这是情和景的完美融合，用明快笔调勾勒出自然的时空景象，是畅怀时节捭阖千里之境的纵意，是休闲假日里云淡风轻的回忆。

捧读李伯廷的诗集，从时间上看大都是2019年到2023年的作品。五年的时间，他创作了近千首作品。内容涉猎广泛，题材繁多，有写身边小事的，有怀古咏史的，有咏物寄意的等等。在诗作的章法结构上，虽然语淡但却境深，以小见大。掌握了诗歌意象绵密、跌宕起伏、开合自如、语顺音畅的表现手法，给人一种洒脱、开朗、豪爽、细腻、灵动的感觉，让人有读下去的愿望。

人们都说写格律诗是戴着镣铐跳舞，但他的诗作却挣脱了镣铐的束缚，大胆创新，用现代人的创新文字书写出了格律诗的精美。

夏收

波波金浪曳，片片麦香醇。

不见挥镰客，欣看囤满珍。

他的这首《夏收》，完全是一幅现代的图画。"不见挥镰客，欣看囤满珍。"让人们浮想翩翩，过往的那些年代都是农民面朝黄土背朝天，挥舞镰刀夏收的壮景。现如今只要轰隆的收割机开过，就会收获满仓醇香的麦粒。他用丰富的想象力挣脱惯常，诗句新颖，显示出一种新奇，给读者描绘出一个全新的世界。短短二十个字，既是景物描写，也是自己情绪的表述，更是当今农村变化的总结，因物兴感，绝妙无伦。

作者众多诗作中，绝无无病呻吟和矫揉造作之嫌，直弃"为赋新词强说愁"之说。不作虚假雕饰，反而使得诗句自然流畅。特别在他的律诗中，因格律严谨，他可以熟练运用音韵音节之妙，摒除"上尾"等弊病，读来抑扬顿挫，可以看出他在写作技巧上是下了一番功夫的，才能读来如此清新自然，明白爽净，具有相当的个性特色。

小草

纤纤身段翠无惊，四海为家伴籁声。

岭上涧边凭处绣，风中雨里见光生。

盘根莫问岩和土，立地岂关功与名。

慢道尊颜未招眼，春阳一拥也英英。

他的这首《小草》就是运用拟人的手法，赋予小草生命。纤纤身段，四海为家，尽显小草之精神境界，无关功名，将其人格化。读来感到他的诗咏物得法，首尾相衔，开阖自然，形象生动，诗中有景，景中有意，炼字锤句，足见功夫。

还有一组诗作是我最喜欢的，就是刊登在《并州诗刊》的咏史人物的诗。这组诗是由孙爱晶、张春义两位副会长经过认真研究甄选的山西历史名人，这组诗宣传了历史文化悠久的山西。

我在读他诗作的时候，感觉他能驾驭多种题材，尤其在咏史题材方面堪称驾轻就熟。所谓"咏史"，就是翻阅古书，拾点旧说，针对特定的人或事，引起作者的思考，从而抒发自己的独到见地。从他的诗作中可以看出他对人物做了认真的了解，写作方面也是下了一番功夫，才能达到得心应手，运用自如，所以才能写出这样灵动的诗作。

司马光

忠魂荦荦照清襟，玉节千年旷世音。

佐主常存刚正骨，怜民犹见老臣心。

四朝大略扶廊庙，一部鸿篇鉴古今。

吐哺贤良驰誉远，廉风典地德何深。

这首诗以点带面，似浅实深，歌颂了司马光不贪恋权势、崇尚节俭、为官清正的一生。笔力老到，情感豪迈，大气磅礴。纵观全诗，文笔酣畅，收放自如。写出了司马光的本色，又表达了敬仰怀念之情，表现力极强，感情色彩相当浓郁，读之牵人思绪，堪称佳作。

作者的诗集《一棹水云长》内容还很丰富，不再一一列举。我真诚祝福他永葆诗心，创作出更多的作品，正如他诗中所说："霜丝莫问深和浅，夜下斟词梦作陪"。相信在这本诗集付梓后，他还会创作出更多优秀的新作，我们期待着！

是为序

2023 年 11 月 5 日

赵丽娜，辽宁庄河人，现居太原。系山西杏花诗社副社长、太原诗词学会副会长。

目　录 MULU

退休宴

饮罢今宵作一程，万千思绪酒中平。

不言道上红尘事，但尽君前满盏情。

酩酊还嗟霜两鬓，由衷只愿梦余生。

流年且看驹过隙，管尔浮云功与名。

学诗感吟四首

一

欲效唐风岁岁痴，钟敲夜半垒新词。

霜丝一色青笺尽，难得人间上上诗。

二

斟词觅韵作诗耕，心有唐音世不争。

愧对梅魂无好句，雕虫一任自清清。

三

愈作深耕愈觉难，谋篇敲句夜霜寒。

几求新意时惊梦，榻上书香伴影单。

四

一片诗心向玉壶，清魂伛影素笺涂。

屏前多少辛酸事，恋是虬枝待雪株。

"两弹一星"元勋郭永怀

壮怀一任勒峥嵘，久慕贤魂赤子贞。

戈壁荒凉磨利剑，星空浩瀚锻神兵。

犹昭肝胆云和月，几叹忠良国与情。

但看金瓯谁可撼，全凭热血铸长城。

"冰雪诗社"微刊 2023.6.29

过温州苍坡古村

依峰傍水访苍坡，三试阶前往事多。

池漾文风溶砚墨，笺临玉笔竞山河。

千年古落荣犹在，一境辉煌誉尚歌。

腐瓦青苔人久远，溪门光耀客中哦。

"邂逅诗词"微刊 2023.7.7

登西湖雷峰塔

拥出青峦夕照间，白云深处醉如仙。

断桥娘子今何在，千古幽情坝上烟。

河东怀望

倚槛茫茫思故人，心无意境也无尘。
不知岭外魂归处，可有飞云带信臻。

"冰雪诗社"微刊 2023.7.6

晋裕酒业咏

酿得清香竞一流，甘泉不醉誉春秋。
诚随日月辉煌铸，品注情怀玉液酬。
百载驰名连海岳，三杯入腹胜王侯。
醇柔蕴厚人飞梦，踔厉扬帆渡远舟。

蛇盘兔地质公园

叠红涌翠抚莺弦，远去苍颜换玉颜。
遥赏花容坡上醉，欲寻真意雾中攀。
注情幽境添灵气，赋梦初心点福山。
一缕和风三百咏，欣听鸟语水云间。

"诗意万柏林"微刊 2023.7.10

南乡子·观荷

烈日骄阳。黄莺声里觅荷芳。怕扰仙魂轻慢步。知否。又醉瑶姿红袖舞。

洪横古道修复有吟

沧桑一梦忆洪横，明月同辉几世情。

足迹幽幽连往事，千年功德焕新程。

"冰雪诗社"微刊 2023.7.13

夏日遣怀

溽气蒸腾赋暮迟，芸窗笔滞绪千丝。

林林韵部无心觅，悒悒新愁落墨疑。

岂讶流年忧发白，惟怀故里念萱慈。

凭阑欲嘱当空月，寄我堂前一首诗。

《难老泉声》2023 年第 3 期第 88 页

玉蝴蝶·寻胜北雁荡

壮矣巍巍横亘，巉岩峭峙，紫气萦空。石罅生烟，涌翠叠嶂仙中。濯尘耳、琴莺飞韵，举青目、绝壁惊鸿。沐熏风，群峦竞秀，泻瀑流虹。

灵峰。岚缠突兀，畅怀瑶阙，叹尽天工。魄揽沧溟，人间绝胜古今崇。涧漱玉、撷来韵雅，石立壁、赋得魂雄。意无穷。蓬壶仙界，驾雾腾龙。

"填词大学堂"微刊第 29 期 2023.7.16

夏日对雨

蝉隐青梢动，湖清玉岭阿。

震雷催雨注，惊鸟掠空过。

水涨风掀柳，云收燕点波。

怜红君愈笃，弹露韵犹娥。

向目叶添绿，朝天蛙鼓歌。

凭栏神几爽，坝上看婆娑。

咏国防科学家林俊德院士

英魂留大漠，浩气入苍穹。

励志情怀抒，倾心肝胆崇。

马兰磨利剑，核子振雄风。

不老松长在，黄沙眠赤忠。

"冰雪诗社"微刊 2023.7.20

小卧龙民俗博物馆

拂去尘封往事幽，卧龙一馆锁春秋。

心嗟厚重桩桩见，物带峥嵘件件留。

几度辉煌连足迹，曾经岁月忆乡愁。

回眸历历小康路，都在沧桑梦里头。

谒普陀山南海观音

仰望巍巍敬世尊，佛光普照布洪恩。

慈航几渡众生苦，播得祯祥佑子孙。

晨荷

娇姿玉影出闺闱，红袖楼头舞晓辉。
本是瑶池天外客，夜来何事降香帷。

“唐风宋韵”微刊 2023.7.20

夏柳

陌上莺穿柳，晨丝弹影和。
谁人枝下语，袅袅弄婆娑。

玉蝴蝶·过龙门

壮矣雄涛滚滚，峭壁夹峙，拍岸硡硡。势裹千钧，峡涌雷动魂萦。鹭惊起、千年浩浩，浪淘尽、一脉铮铮。向沧溟，壮怀烈烈，侠气豪情。

毓英。延延无竭，滔滔不息，几度峥嵘。荡涤尘沙，常嗟咆哮断倭鸣。韵亘古、杰留绝唱，梦今朝、史记兴荣。看新征。山河竞秀，鲤跃龙腾。

有感周家山抗战避难所

十里青山意未休，周家村外洞幽幽。

鹰崖壁上风烟忆，汾水河中血泪流。

窟锁陈哀悲往事，心翻骇浪化吴钩。

岭前烽火挥难去，啸我雄狮铁马遒。

清平乐·流年

流年徒叹。月缺人凭案。镜里青丝霜尽漫。残梦难挥宵旰。

屏前多少痴诚。尘间几度枯荣。漠漠犹惊过隙，管他得失功名。

"冰雪诗社"微刊 2023.8.3

夏日赴京城照看孙儿途中有吟

炎炎三伏向层城，苦乐天伦得得行。

两侧青山同旭日，千般兴致共琴莺。

心中稚语清词醉，膝下欢颜惬意生。

酷暑焉能拘老骨，人随鸥鹭寄新程。

"唐风宋韵"微刊 2023.8.3

二伏遇雨

蝉噪炎威烈，虫藏鸟罢鸣。

瞥然云过顶，一夜雨侵城。

晓露垂枝重，青眸望岫明。

应欣烦远去，但得爽新生。

燕舞湖沉影，荷红蛙鼓情。

倚栏千里外，柳岸听莺声。

"冰雪诗社"微刊 2023.8.10

萝北抗联咏

烽火连天壮士征，托萝山下号长鸣。

抗倭驱寇三千志，喋血鏖疆八万兵。

雪海刀横多义勇，腥风马啸荡狰狞。

英雄一曲高歌颂，化作江涛撼地声。

"潇湘紫竹"微刊 2023.8.10

鹧鸪天·抗联烈士赵尚志将军

萝北长眠壮士魂，将军热血沃乾坤。勒碑傲骨丰功在，踏雪丹心浩气存。

怀赤胆，铸坚贞。驰疆策马扫倭尘。苍山烈烈英雄仰，遥对松江祭一樽。

"唐风宋韵"微刊 2023.8.17

题《昭君出塞》图

一漠荒沙瑟瑟秋，南归雁叫客心揪。

关山回望萧风烈，驻马不前凄草幽。

几梦长安思故国，空悲孤影对轻裘。

琵琶声断胡天月，青冢蒿摇千古愁。

"并州诗词"微刊 2023.8.25

秋

乍敛蝉音白露悠，西风吹起客中愁。

不知望里南归雁，多少离人作泪流。

"冰雪诗社"微刊 2023.8.17

贺河津诗联协会成立三十周年

三十春秋赋梦深，联坛一秀逐清音。

仄平声里初衷笃，攀得文峰翰墨心。

山花子·秋日遣怀

蝉敛声幽意渐哀。黄花暮色正萦怀。羌笛
吹来愁一抹，独徘徊。

柳下萧萧谁弄影，梦中隐隐泪飞腮。凭槛
西风徒怅惘，向天垓。

晨练观踢毽

莺声伴晓霞，一匝几多夸。

笑语飞墙外，毽花生靥花。

"冰雪诗社"微刊 2023.8.24

参观抗美援朝胜利七十周年展览

一如往事梦中萦，似听当年滚滚声。

鸭绿江边烽火起，硝烟帐外铁师征。

斑斑旧物忠凝就，烈烈雄魂血铸成。

抗霸驱狼坚盾护，丹青册上勒峥嵘。

"龙吟诗社"微刊 2023.8.27

带孙小区玩有吟

携孙漫步小区欢，晓日秋风爽可餐。

呼犬擒蛾凭兴致，走东跑北赏荷园。

尘心每并童心乐，伛影何如稚影甜。

一路清词频入耳，平声二字最开颜。

"唐风宋韵"微刊 2023.8.24

西江月·菊

独沐秋霜本色，巧裁玉影天工。高台陌野雅相同，多少骚人竞诵。

几羡枝头洁魄，合留尘外瑶宫。篱前赋得武陵风，谁解朱颜露重。

"冰雪诗社"微刊 2023.8.31

有感圪垛村知青大院

昔日村迎市里娃，斑斑旧物忆芳华。

激情岁月诗章谱，热血风霜汗水加。

一段青春浑可泣，千程理想断无嗟。

门中窑洞同心井，梦起山乡那个家。

《诗词月刊》2023 年第 11 期第 19 页

贺河津税苑诗联社成立

税苑诗花绽翰林，清香缕缕赋初心。

仄平路上情何笃，播得文园一桶金。

"竹韵江西"微刊 2023.9.27

暮后游汾河公园

细柳悠悠曳碧湖，虹桥倒影月沉躯。

清风拂袖香过岸，金曲怡情韵入壶。

水漾波光舟上醉，莲开玉朵画中殊。

且看仙境摇轻步，别却红尘意不孤。

"冰雪诗社"微刊 2023.9.7

咏陆游

一任豪情志未休，空悲国破几多忧。

身担大爱笺中寄，剑仗胡尘梦里求。

洒墨乾坤含热血，牵魂社稷佑金瓯。

英灵可慰山河在，铁马雄师啸九州。

秋登灵山寺

灵山步磴觅清音，野菊流莺入境深。

一曲梵歌幽径里，穿云出岫涤尘心。

"潇湘紫竹"微刊 2023.9.10

露

霁夜星辰伴，霞飞玉影祥。

无须施粉黛，剔透也流芳。

"冰雪诗社"微刊 2023.9.14

感秋

又是黄花对夕阳，篱前遥望岫苍苍。

清秋已至无浓艳，玉杪犹垂散馥香。

雁过南塘归路远，蛩鸣寒露客中凉。

西风吹断三更梦，飒飒怀人酒一觞。

"邂逅诗词"微刊 2023.9.13

旗袍

雅衬三围越女娇，不劳胭粉不需描。

翩翩一抹仙姿态，盘扣云鬟横玉箫。

"冰雪诗社"微刊 2023.9.21

咏竹

卓尔凛然立，清魂劲骨崇。

乾乾无俗艳，谡谡向苍穹。

雨打犹怀梦，霜侵岂折躬。

岩隈持玉节，草本亦高风。

"并州诗词"微刊 2023.9.27

诗咏周家山汾河大峡谷

谁挥玉练破山开，八百春妍点绛台。

水转千程携韵起，莺飞两岸抱琴来。

岚中意境心驰梦，画里风光客绽腮。

入得丹青图一卷，无需载酒也陶哉。

《诗词月刊》2023 年第 12 期第 83 页

如梦令·癸卯迎中秋庆国庆

两节中秋相约，花海歌潮声鹊。玉鉴映流虹，诗蕴衷情飞岳。同乐，同乐，桂酒与君遥酌。

"冰雪诗社"微刊 2023.9.27

佛慈制药咏

一怀幽愿济苍生，励志刀圭品自诚。

丸散膏丹驱痼疾，阴阳表里荡魔精。

仁心抱得岐黄梦，博爱修来家国情。

仙剂回春名百载，誉驰天下惠风迎。

题狗尾草

岂羡禾肥厚，安然野陌旁。

借他风一缕，遍地是家乡。

"冰雪诗社"微刊 2023.10.5

晚饭后散步拾句

一抹清辉照影来，鸣蛩高草净心台。

闲愁琐事随风去，拾得秋声作韵裁。

"潇湘紫竹"微刊 2023.9.29

癸卯中秋

浩浩冰轮耀碧空，银辉过岳九州同。

窗前游子乡山梦，楼外流虹雪鬓翁。

欲把清杯寻一醉，任由倦意对千忡。

今来又是向明月，多少离人望断鸿。

中秋夜

千山月照明，心绪盏中萦。
一醉河东望，思慈到五更。

参观中国煤炭博物馆

展厅肃肃耀乌金，几叹沧桑造化深。
八百春秋风雨路，皆藏一馆此中寻。

读定庵《己亥杂诗》有感

高德盈笺著玉魂，诗文共墨谏黄门。
朝纲自是心中挽，黎庶犹怜字里尊。
但鉴谠言忧社稷，更携挚愿感苍恩。
图强笔下家邦梦，一卷情怀素韵存。

点绛唇·雁丘园

丽日清风，雁丘园里深情顾。碧湖烟渚，
高阁牵情慕。

比翼春秋，千古痴情句。君记否？几多相
许，殉也关关羽。

游雁丘园

又见双飞雁过丘，双飞亭外水悠悠。
柳垂碧渚随云漾，鸭点清波结对柔。
玉阁生辉情几许，高风著彩意相酬。
千年比翼关关梦，仰有人间好问楼。

龙山童子燃灯

燃得心灯佑众生，焚身化佛耀龙城。
渡民劫海功无量，点亮红尘一盏明。

蒙山连理塔

连理同辉佛照明，悠悠古塔鉴枯荣。
铜铃千载沧桑诉，博爱一怀风雨迎。
护守吉祥携凤愿，萦牵社稷佑苍生。
斑斑蚀迹虔心笃，渡尽劫波多少程。

"潇湘紫竹"微刊 2023.10.18

诗人与书法

韵随墨舞伴毫飞，宣上龙蛇走翠微。

一抹情怀驰腕底，几多入册雅生辉。

"冰雪诗社"微刊 2023.10.26

诗咏比邑王酒

酿得醇香竞一流，几多厚韵盏中投。

三巡不醉尊前品，还数河东比邑柔。

咏擀杖

厚薄均匀一念持，心无旁骛义无辞。

卷舒任是掌中起，轻重皆因腕底知。

三尺灶台情可注，终生职守梦相期。

推开一片新天地，意在初衷乐在斯。

"邂逅诗词"微刊 2023.10.25

过江山庙

拥出青峦壁上悬，江山庙里觅灵仙。

心随鸟语通幽境，足踏羊肠伴紫烟。

博爱千秋香火盛，洪恩一炷客魂虔。

欲知高德功何处，福在人间八百年。

诗人遇上雨

潇潇暮雨惹愁肠，打湿诗心一夜凉。

更是西风窗外约，斟词不得意难详。

"冰雪诗社"微刊 2023.11.2

摸鱼儿·过雁丘园

踏清风、雁丘园访，明湖垂柳烟渚。凫开
波路成双戏，汾畔荻芦摇絮。君几慕，客潮涌、
恁多崇客痴心主。望高阁处。动万载衷肠，春
秋竞仰，皆为此中故。

萦怀曲，醉了红尘几许，楼前吟得仙句。
一番真意何其笃，海北天南携蓦。情未了，梦

难断、贞魂殉也关关羽。韵留千古。伴耿耿星河，同辉日月，世代共瑶赋。

"唐风宋韵"微刊 2023.11.9

蜂戏菊

金身绡褂酷，登菊上瑶台。

岂为秋妍顾，皆因蜜意来。

声轻犹入韵，腹小亦怀才。

一梦清芬笃，乾乾玉朵开。

"冰雪诗社"微刊 2023.11.9

桂花咏

枝有仙风瓣有香，金秋著意纳灵光。

淡浓十里清魂沁，朝暮千年瑞气彰。

折桂功名名至远，盈庭富贵贵飞祥。

姮娥月兔身边影，招得青鸾佑玉郎。

龚自珍

情牵家国事，揽辔谏王庭。

风骨毫笺注，英魂载汗青。

"冰雪诗社"微刊 2023.11.16

立冬过汾河公园

疏木萧萧暮日沉，风归坠叶陌鎏金。

明湖浮鸭含情笃，碧渚连波曳柳深。

望里苍山云断雁，梦中残影客惊心。

任凭思绪千程外，随鹭同邀到故岑。

"唐风宋韵"微刊 2023.11.16

登江山庙

一庙入云端，悬崖壁上寒。

虎龙双侧起，鹰鹫百重抟。

香盛国犹泰，仙灵庶久安。

凭轩驰目阔，豁臆览江山。

"并州诗词"微刊 2023.12.4

听孙爱晶老师诗词讲评有吟

如沐甘霖雅室中，传经切切拂迷蒙。

堪凭一手诊诗脉，不吝千辛助笔功。

解语犹多深意处，释篇尚有畅怀风。

盈堂客座书香满，润句斟词宴妪翁。

"龙吟诗社"微刊 2023.11.28

琴调相思引·枫

点得秋妍景不同，只将艳骨委霜风。岭前一簇，洇染半山红。

岂惧暮迟寒意重，犹怜露湿玉颜崇。赤情一片，幽梦托飞鸿。

"填词大学堂"微刊 2023.11.26

蝶恋花·春过杏林

一夜东风花解锁。粉瓣春浓，蜂蝶争新朵。香径往来情入座，瑶枝丰韵诗长播。

犹忆阶前风雨作。梦断篱园，飞淖贞难涴。前世尘缘谁绕过，清魂洁魄何曾堕？

"潇湘紫竹"微刊 2023.11.19

深秋观残荷有吟

枯枝颓叶坝前凋，独对南塘涌寂寥。

不觉韶华芳远去，空留残影梦难销。

侵霜莫怨西风瑟，落陌何忧玉魄娇。

忆着仙姿声几笛，兰舟一棹荡红绡。

"邂逅诗词"微刊 2023.11.22

诗咏墨子

播学传经一代雄，宏才旷世圣贤风。

芒鞋天下从师道，高德情怀耀宇穹。

兼爱仁心黎庶济，尚廉玉节古今崇。

功名利禄视如土，梦在春秋四海同。

"冰雪诗社"微刊 2023.11.30

再谒司马迁墓

高陵肃肃势凌巅，水抱山环沐紫烟。

傲柏巍巍英气绕，苍苔漠漠圣风宣。

忍悲岂肯颓鸿志，涕泪何曾断巨篇。

笔下春秋昭亘古，贞魂一梦五千年。

"冰雪诗社"微刊 2023.12.7

蒙山晓月

一镜冰轮耀八荒，灵音翠嶂护慈航。

千年福祚知多少，月洒清辉佛赐祥。

崛峒山多福寺

寺傍青林晓雾中，梵烟疏磬入苍穹。

山门隔俗嚣尘远，宝殿随诚赐福同。

千载佛灵香自盛，一声钟震德犹鸿。

崛峒古刹多虔客，醒得凡心世世崇。

"唐风宋韵"微刊 2023.12.7

崛峒宝塔

巍巍峭耸入云端，守望连绵八百峦。

历雨经风辉社稷，飞铃醒世九州安。

汾河公园观鹭

抟空破雾腾，玉翩舞绡绫。

独恋山河秀，三千惬意凭。

"冰雪诗社" 微刊 2023.12.14

大雪节吟怀

高梧坠叶败荷残，遥望重山客倚阑。

梦里前程皑雪厚，眸前疏影朔风寒。

围炉暖意开清酿，对诺梅魂入韵坛。

北国冰封情尚笃，一枝拙笔未形单。

"邂逅诗词" 微刊 2023.12.14

观窗前梧桐有吟

枝有高风叶有情，窗前伴我卅年诚。

虽无媚艳枝招凤，几醉神姿叶揽莺。

顶暑驱埃朝暮守，遮荫赐福吉祥呈。

扎根沃土雄魂仰，惯听春秋拍雨声。

"唐风宋韵" 微刊 2023.12.21

长相思·晨雪

雪茫茫，岭茫茫。一夜翩翩叩玉堂，清魂溢暗香。

千重妆，万重妆。妆注痴情向陆郎，冰心鉴八荒。

"冰雪诗社"微刊 2023.12.21

雪人

腰肥膀阔酷何遒，稳坐寒毡笑不休。

肚大能容天下事，眉飞可解世间愁。

敦敦憨态姿招客，凛凛神威力撼牛。

独具风情多少乐，隆冬日夜守无求。

"竹韵江西"微刊 2024.1.12

大雪有寄

潇潇一夜雪侵庐，漫道冰封怅客嘘。

遥望高堂羁客苦，驰怀幸有素笺涂。

诗人遇上剑

壁上龙泉雅室中，寒光入韵韵生风。

词锋欲作毫锋利，笺上情怀一梦雄。

"冰雪诗社"微刊 2023.12.28

冬至遣怀

雪霁冰风冷木凋，掀帘窗外意萧萧。

褶深顿觉尘刀利，鬓白徒叹老叟憔。

衰翅一双飞瀚海，酸诗几首度霜宵。

宅心鹤径凭阑月，杖履吟魂绮梦遥。

"唐风宋韵"微刊 2023.12.28

癸卯冬至吟

数九寒来雪染亭，一凭霁夜映天星。

千川冷鸟踪无迹，独有疏梅馥绕庭。

癸卯一九吟

雪霁斜阳撒玉亭，声声鹊唤振祥翎。

冰河夕映金辉灿，寒宅梅开冷艳馨。

客望家山情一缕，笺驰幽梦意千屏。

何时策杖莺枝下，静待春风拂柳青。

"邂逅诗词"微刊 2024.1.5

卓文君

兰指朱弦倚马才，诗魂艳骨出邛崃。

当庐佳丽文声远，至爱纯情玉节瑰。

富贵焉能拘海誓，忠贞犹可见高台。

千年驰誉携司马，灵赋眉妆自古裁。

"唐风宋韵"微刊 2024.1.4

癸卯二九吟

雾锁冰河柳弄烟，寒窗冷木雀樱眠。

梅枝破朵朔风里，雪岭飞诗牍案前。

逐韵残生霜两鬓，围炉一盏绪三千。

驰毫且把心湖静，冷月笺头半亩田。

"潇湘紫竹"微刊 2024.1.8

岁杪有怀

岁页掀翻又一程，回眸往事意难平。

额随褶厚心如水，影自形衰梦落觥。

苦乐常嗟诗墨兑，功名不觉鬓霜惊。

三千况味浮尘海，履迹悠悠探韵行。

"邂逅诗词" 2024.1.18

小寒过汾河公园

驰眸卧玉龙，暮日染霞彤。

冷木迎寒翅，冰湖接雾凇。

临桥君又忆，折柳梦犹逢。

一管幽箫曲，萦怀在酷冬。

"邂逅诗词"微刊 2024.1.12

癸卯三九吟

鹊飞柳岸曳丝垂，冰绣山河雪作帷。

千里霜风思客路，一枝冷艳绽江湄。

柴门叟老魂犹笃，苑上荷残梦不萎。

遥盼春归花讯到，寻诗月夜赏盈亏。

"冰雪诗社"微刊 2024.1.18

题图《梅》

重墨虬枝点绛台，未曾卧雪暗香来。

横斜向背千般韵，攒作朱红一树开。

"唐风宋韵"微刊 2024.1.18

题图《兰》

雅与纤姿妙剪裁，香风贵影下瑶台。

君前赋墨清魂笃，玉叶兰心不染埃。

"潇湘紫竹"微刊 2024.1.20

题图《事事如意》

柿叶经霜落去空，枝头盏盏亮灯笼。

羡他啄蜜销魂雀，吉兆龙年事事通。

癸卯四九吟

朔风夜起晓霜厚，聒雀窗前惊曳柳。

十里冰封客断魂，三冬笔滞墨嘲叟。

枝头撷韵暗香裁，案上修真寒舍守。

枉费毫笺半世忱，徒嗟冷暖一杯酒。

"冰雪诗社"微刊 2024.1.25

卜子夏

碑碣巍巍一代雄，先贤圣德古今风。

六经传世炎黄志，博识安邦社稷功。

播学乾坤承大道，怜民朝暮执清衷。

贫寒岂可移君节，耿耿英魂天下崇。

春节前大扫除

扫去尘埃抹渍痕，迎新纳福吉祥存。

挪箱倒柜何辛苦，为把春光接进门。

"龙吟诗社"微刊 2024.1.27

癸卯五九吟

乍暖犹寒柳唤春，千门万户待祥辰。

梅痴雪魄掀幽韵，雾锁冰河忆冷津。

羁客徒怜乡梓远，吟魂未断素笺频。

凭阑遥望关山外，惹我归心月一轮。

"龙吟诗社"微刊 2024.1.27

浪淘沙·羁客

河岸柳翩翩，羁客窗前。凭轩遥望雪如烟。

郭外乡山人不见，几是无眠。

冷雀唤童年，卌载心弦。红尘如梦枉留连。

醉对醇醪琴一曲，弹向谁边。

"冰雪诗社"微刊 2024.2.1

清徐老陈醋

醯坊技艺古今传，纳得精华入口鲜。

一碗陈浆赢美誉，酽香直贯五洲天。

清徐罗贯中纪念馆怀古

跨进山门忆至深，清泉湖畔史钩沉。

笔端云涌鸿篇仰，石像辉生浩气寻。

秉烛窗前驰铁马，登峰足下立高林。

一朝巨擘千年誉，六合文昭耀故岑。

甲辰春节回乡

雪舞瑶天降吉祥，龙春唤客向高堂。

寻根岂惧冰途险，执念何忧白鬓苍。

敬拜灶君言好事，欣陪慈母侍安康。

炮鞭声里迎新岁，福兆来年日月长。

甲辰故乡元日

雪霁云开万里天，宵星共绚礼花妍。

一堆柏火迎康寿，几炷高香兆旺年。

肉酒龛前神位敬，炮鞭声里吉祥连。

国行鸿运龙昂首，溢彩升平乐大千。

次韵奉和秦志刚先生《甲辰元日》

东风上岸柳梢新，唤我高堂侍至亲。

朵绽虬枝萦紫气，宵飞爆竹起祥辰。

三千坎坷异乡梦，卅载江湖落寞身。

欲把毫端幽愿笃，家山一念一吟人。

附　秦志刚先生原玉：甲辰元日

雪映寒梅岁又新，年来何处问双亲。

纵无爆竹催元日，不碍红灯唤甲辰。

青简自书知改节，浮名且淡惜闲身。

休将往事从头说，过眼承平戏里人。

寒衣节寄怀（新韵）

秋去朦朦十月朝，万家坟上纸衣烧。

高山寂寂江河咽，满目凄凄木叶凋。

俯首伤心思切切，仰天垂泪泣潇潇。

寄吾怀念与明月，先辈恩情千嶂高。

冬山小屋（新韵）

雪压遍山松，寒深鸟去踪。

栅幽观小舍，几度忆渊明。

冬日汾河公园（新韵）

朔风瑟瑟过并城，俯眺汾河卧玉龙。

何鸟吱喳千树杪，谁人揽走一园红？

亭前阁侧望娇影，柳下丛中传侣声。

阡陌幽幽迎赏客，卉杨默默蕴春情。

《诗词月刊》2020 年第 5 期第 51 页

赠王长安班长（新韵）

励志承先起五更，流年无悔事郎中。

望闻问切明心路，缓数沉浮见脉功。

丸散膏丹顽瘤灭，阴阳表里病魔惊。

救人济世平生愿，不负宗贤医药情。

冬夜偶书（新韵）

寒夜满天星，朔风枯叶声。

蜷身伏浪犬，踉跄醉归翁。

应县木塔（新韵）

巍巍耸立朔州缘，亘古沧桑依可瞻。

遥对星辰观盛败，毫察岁月洞忠奸。

雷击天震势难动，福祚祥萦誉遍传。

华夏文明身上载，慕贤不见忆功班。

七夕

耿耿天河隔断肠，梭梭声碎唤牛郎。

鹊桥有泪化悲雨，遥羡人间鸳伴鸯。

嫦娥探月（新韵）

长空昊昊坐天庭，碧海青霄腾巨龙。

玉兔殷殷迎贵客，金蟾跃跃捧醇盅。

胸怀宇宙千年梦，梦载中华几许情。

揽月星辰多壮志，扬吾国运慰英雄。

贤妻（新韵）

雍容贤惠女，诚挚画眉妻①。

互伴同心守，相携共沫依。

无尘屋具净，有梦舍堂吉。

邻里情多睦，厨中艺尚奇。

姑叔融切切，翁妪乐滋滋。

历尽风和雨，白头志不移。

注：①画眉，典出汉张敞画眉故事

"唐风宋韵"微刊 2020.2.14

黄河龙门游（新韵）

巍巍峭耸断石崖，浩浩千钧击荡峡。

旋浪舷舷惊鸟兽，洪雷滚滚映霓霞。

古来祥鲤龙门跃，世代英才科第达。

一跨飞桥天堑越，忠魂大禹可还家？

"唐风宋韵"微刊 2020.1.17

老翁乐（新韵）

耆老乐融融，二胡初夜声。
儿孙膝下绕，一曲小桃红。

龙门薛仁贵（新韵）

仁贵寒窑古耿东，彪彪豪气贯长空。
忠心铁臂传千载，义胆侠肝赛子龙。
三箭弓开平悍寇，单刀席卷荡辽雄。
白袍神勇护华夏，盛世英魂载美名。

蜜蜂（新韵）

金身绡褂箭西东，逐梦芳芬几许情。
莫道艰程行旅苦，仍吟甜曲履途平。
辛劳日日播香果，负重时时携蜜声。
恳恳初心难改本，鞠躬尽瘁付终生。

"唐风宋韵"微刊 2019.9.13

呼伦贝尔大草原（新韵）

绿海无垠波莽莽，晴空浮岸映蓝天。

如风赤骏奔原野，似鹤白羊散翠盘。

漾漾明湖千叠影，芊芊碧草几欢颜。

苍鹰展翅任辽阔，马背飞歌扬玉鞭。

望沧海

朝霞万丈浩茫茫，赤焰一轮升少阳。

翻浪神蛟腾海立，翱空雄燕入云翔。

胸怀九域任崎坎，魂纳千川呈瑞祥。

恶雨疯雷难撼动，魔妖肆虐又何妨。

"中华《诗词月刊》太原工作站"微刊 2019.9.5

油菜花咏（新韵）

寻芳陌上沐春晖，十万金黄惹醉眉。

荡荡清风翻细浪，悠悠馨馥降香妃。

蜂招蝶引只因媚，蜜饱粉盈犹忘归。

绿水青山天作岸，翛然曳杖赏金梅。

《诗词月刊》2020 年第 3 期第 27 页

童年老井（新韵）

深巷幽幽古井泉，魂萦梦绕意中牵。

清纯一股多杰士，郁馥千丝遍故园。

淘尽尘埃新黍米，历经父老众心酸。

光阴逝水童年邈，望里乡愁几泫然。

"冰雪诗苑"微刊 2019.12.27

腊八粥（新韵）

腊八节到腊八粥，莲子稻菽红枣稠。

慢炖宽汤须戒躁，轻蒸细水莫偷休。

欲得美味功无怠，品取香甘乐有酬。

瀚海深深勤作径，吟来佳韵喜心头。

《诗词月刊》2020 年第 1 期第 75 页

清明祭（新韵）

清明时令起风尘，万里中原思故人。

冥里哀魂悲切切，世间亲眷念深深。

一堆黄土埋贞骨，两界恩情连赤心。

绕绕纸灰旋酹酒，沉沉三叩泪湿襟。

赠恩师（新韵）

客并从事历年行，久忆园丁培养情。

师表谦谦为榜样，春蚕恳恳践初衷。

五车学富栋梁育，三尺讲台桃李盈。

叶茂枝繁心愿满，痴心不改慰终生。

"唐风宋韵"微刊 2019.9.20

野菜郎（新韵）

春风和煦麦苗长，笑语欢声野菜郎。

埂上涧边童子影，篮中铲下土泥香。

清清明目辨心叶，片片新青挎臂筐。

一路红霞一路梦，清歌嗓起荡八方。

《百泉诗词》2020 年第 1 期第 35 页

念老母（新韵）

老母依门望，客居儿涕襟。

逢人常问讯，念子每惚神。

相见双垂泪，端详几瘦身？

尘中多冷暖，最善是娘心。

《诗词月刊》2020 年第 9 期第 23 页

赠《大唐发祥重镇僧楼》
作者李怀俊先生（新韵）

古稀应是享天伦，不辍笔耕蜩甲魂。

索迹寻痕牵梦里，擘肌分理觅唐根。

宵衣旰馈行行苦，蜡炬春丝字字辛。

十载殚精填轶考，汉皇泉下也知恩。

梯子崖咏（新韵）

巍巍峭耸欲天庭，梯子崖巅梯子城。

矗矗绝拔神斧劈，层层玉砌妙工成。

西东削壁仰霄汉，南北倾涛飞鲤龙。

拙笔尽怀将作咏，难书雪浪紫竹通。

春日汾河公园（新韵）

滟滟滨湖露媚容，煦风吹皱一泓平。
亭前阁侧踏歌舞，渚上园中浮翠红。
柳下熙熙游客悦，沙间攘攘乐功成。
榭阑遥望馨香外，千里春回莺鹊声。

海棠

拨帘窗外秀容姿，十万蝶飞齐展眉。
满苑春光浮紫翠，独怜君倩瓣凝脂。

影（新韵）

山巅水下任娉婷，今古识人悄不声。
无视堂前贫与富，尽察世上耻和荣。
风急浪猛浑难吓，气静神闲何可惊。
尘里恢恢皆有迹，高悬明镜莫违凭。

《诗词月刊》2020 年第 8 期第 54 页

次韵赵丽娜老师《庐山七夕湿地公园》

江南春色正芳菲，兀秃灵峰刺霭晖。

呖呖黄莺催梦醒，翩翩白鹭绕云飞。

千丝垂柳惹人醉，十里清岚赏客围。

好个仙中天外景，吟来佳韵揽怀归。

附　赵丽娜老师原玉：庐山七夕湿地公园

一堤水草撷春菲，两侧群峰抱晓晖。

欲舞长裙惊鹭去，更教秀发逐云飞。

清波著意千行叠，薄雾牵情四面围。

红叶拾来频弄影，风光惹醉不思归。

雪花咏

洒洒扬扬降四更，凌寒漫舞瑞祥生。

冰心洁骨下宫阙，神韵娇姿绽玉英。

一夜妆齐千树皎，三春绣得百花荣。

清纯万载为谁俏？羽染梅魂几度情。

"中华《诗词月刊》太原工作站" 微刊 2019.6.2

品茶（新韵）

翻江倒海酿新香，壶里春秋兴趣长。

琼盏溢情融笑语，紫砂悠韵品荣光。

沉浮玉叶洁不秽，萦绕清芬味亦祥。

领悟人生明日月，芳华几度付炎凉。

《诗词月刊》2019 年第 11 期第 21 页

痴翁（新韵）

转瞬已知花甲容，痴心唤我做诗耕。

昼吟宋韵食三旰，夜沁书香过四更。

瀚海深深灯作伴，衷情耿耿墨为功。

热忱犹唱夕阳梦，老志还鸣情一通。

"中华《诗词月刊》太原工作站"微刊 2019.8.4

蝉（新韵）

引颈向天喉彻空，知音相遇不歇声。

黛身绡褂承炎酷，赤焰青梢恋火红。

豪唱故国原野美，高瞻盛世九州隆。

莫言形影难招眼，一曲狂吟万里晴。

"中华《诗词月刊》太原工作站"微刊 2019.7.2

大孙儿出生有吟

降来人世正天明，亥岁祥音添喜情。

褴褛笑容萦大气，健康快乐伴终生。

游老子庙有感（新韵）

北枕龙山气势宏，三方水绕景幽清。

千年皇帝每尊谒，万载英灵多佑忠。

手指乾坤恢浩象，胸怀日月昊茫穹。

名闻华夏古今颂，一代贤风历代崇。

"唐风宋韵"微刊 2019.10.25

夏日汾河公园（新韵）

月色初成蝉彻空，滨园慢步赏荷红。

陂池蛙鼓响天外，榭里歌声绕苑中。

湖映霓虹灯火亮，桥飞英彩蜃光明。

泠风细细游人醉，纨扇三伏一片情。

"冰雪诗苑"微刊 2019.8.1

探乡新感

几度梦中归故乡，不堪回首忆苍凉。

昔时土砌黄坯舍，今日砼浇碧瓦房。

紫陌驱车奔速速，新村联网喜洋洋。

脱贫去困攻坚战，拔起穷根向小康。

荣获《诗词》报决胜全面小康诗词征稿赛优秀奖

2020 年 11 月第 22 期

思父（新韵）

驾鹤西游十六春，魂牵梦绕父仙恩。

艰辛茹苦终生奋，勤恳持家七秩尊。

负累心甘常感慰，开怀志愿已成真。

世间儿女多行孝，莫待归天空泪襟。

"唐风宋韵"微刊 2020.3.31

次韵陈斯高先生《郊行偶兴》

镜前知岁老，苍鬓见尘波。

日暮寻诗意，心清渡墨河。

痴忱犹幸在，俗韵每须磨。

劫海无边涌，情飞梦里蓑。

《中华诗词导刊》172 期（律诗选粹）

附　陈斯高先生原玉：郊行偶兴

老来无远意，白发向苍波。

总守风平浪，常思岳挽河。

诗灵凭一咏，清梦赖千磨。

冷眼沉浮惯，去寻烟雨蓑。

咏扇（新韵）

酷暑三伏史有名，轻摇一柄顿凉生。

黎民雅士手中扇，贵胄金枝堂上风。

哂见娇羞常掩面，颦愁眉锁每伤情。

千年荣谢几相伴，送爽人间多少重。

"冰雪诗苑"微刊 2019.8

忆江南·南浦梦（新韵）

南浦梦，雁断碧空幽。翠柳丝丝无尽怅，
痴情切切几多愁。惟有寸心留。

离别恨，一步一回头。泪洒钟山随苦雨，
鸥飞芦荡渡孤舟。思绪伴春秋。

"冰雪诗苑"微刊 2019.8.30

秋雨

丝丝秋雨送寒来，烟笼明湖雾敛埃。
谢去繁华何处是，一声砧杵梦中徊。

"唐风宋韵"微刊 2019.8.30

蝴蝶

穿红过绿舞翩翩，独恋娇英前世缘。
迷梦庄周魂荡处，轻飞款咏度春妍。

云梯（新韵）

遥望云梯挂九天，一阶一步一奇观。

欲达神采辉煌处，多少英雄苦苦攀。

"唐风宋韵"微刊 2019.9.10

萤火虫（新韵）

明珠点点荡空明，飞彩斑斓夜幕中。

萤火生花灯灿灿，蛙歌伴舞曲訇訇。

何来媚丽何来艳，为爱疯狂为爱荣。

星斗漫天君莫羡，倩身翅小也关情。

"冰雪诗苑"微刊 2019.9.17

嵌句·不知秋思落谁家（三首）

中秋望月

又是冰轮天上挂，不知秋思落谁家。

纷纷坠叶撩心绪，荡荡愁情绕禹葭。

更念伊人三碗酒，同吟月下一壶茶。

小楼昨夜西风起，无奈涟涟湿北笳。

李煜

小楼昨夜梦胡笳，冷露无声月影斜。

几至鸿哀悲客意，不知秋思落谁家。

三杯素酒无边恨，满目苍颜不尽嗟。

玉砌雕栏随作古，一江春水浪淘沙。

中秋思乡

南归雁阵断云霞，遥望河东烁泪花。

一世乡情萦满腹，半生霜鬓染韶华。

清吟拙韵同邀月，难忘垂髫共戏沙。

每见冰轮怀旧梦，不知秋思落谁家。

次韵元好问《秋怀》

残荷冷露夜箫声，灯火南桥雾锁清。

湖畔寒侵花苦谢，河东远眺客愁生。

他时共饮樽前醉，今日孤吟梦里惊。

雁点茫茫魂断处，遥遥一挂月轮明。

"冰雪诗苑"微刊 2019.10.9

附 元好问原玉：秋怀

凉叶萧萧散雨声，虚堂淅淅掩霜清。

黄花自与西风约，白发先从远客生。

吟似候虫秋更苦，梦和寒鹊夜频惊。

何时石岭关山路，一望家山眼暂明。

路灯

春夏秋冬夜幕中，凌霜傲雪亮无穷。

躬迎仆仆风尘客，笑送匆匆庠序童。

常羡知音情缱绻，更怜飘叶雨朦胧。

痴心耿耿驱宵暗，守护光明第一功。

"冰雪诗苑"微刊 2019.10.15

暮秋遣怀

冷露枯黄俱望收，霜花暮日瑟萧秋。

功名利禄皆为古，岁月风尘遽作幽。

几往痴心情意在，终生志趣寸丹留。

且将素韵梦中寄，笑看滔滔浪鼓舟。

"唐风宋韵"微刊 2019.11.1

深秋

气爽秋高日影沉，西风拂处漫鎏金。

后生莫笑朱颜老，一掬冰心任古今。

"唐风宋韵"微刊 2019.11.8

太山游（新韵）

结伴同游上太山，羊肠携杖步登巅。

潺潺溪水咏金曲，艳艳枫袍披彩峦。

古刹龙泉香炷客，禅缘幽径梵堂烟。

暮秋也赏江南色，领略风光一片天。

"唐风宋韵"微刊 2019.12.6

怀友（新韵）

风霜雪雨二毛斑，梦里思君忆往年。

共度桃源明媚地，并行南甸少华颜。

天涯独落各弯月，海角同牵两暮烟。

漫漫红尘人可好？何时相对酩樽前。

《诗词月刊》2022 年第 2 期 2019.11.1

落叶（新韵）

窗前一夜瑟风吹，摇落凄黄舞晓晖。

别却枝头无尽怨，漫飘篱院几多悲。

可怜今世情何苦，但蕴来年果满垂。

莫怨荣枯天道幻，为尘更作护花肥。

"唐风宋韵"微刊 2019.11.25

童年油茶

儿时记忆涌心房，一碗油茶一世香。

闪闪铜壶围戏院，盈盈童伴解馋肠。

昔年梓里天真梦，今日屏前滋味祥。

老镇吆翁挑担影，欢声飞荡醉陶郎。

"冰雪诗苑"微刊 2019.11.29

南乡子·谒司马迁墓

千载耸高陵，画栋雕梁见伟贞。魁岸英魂

痴几许，衷情，傲石常镌不朽名。

别泪洛阳城，两世含辛巨著宏。上下五千尘未断，躬征，搦管沧桑万古程。

"冰雪诗苑"微刊 2019.12.3

白杨咏（新韵）

不羡芳枝俏，独留一品高。

寒风摧傲骨，清气上重霄。

昂首红尘里，持节亘古操。

凭由浊浪起，笃定任狂飙。

"唐风宋韵"微刊 2019.12.27

浣溪沙·咏竹

魁岸嶙嶙一品身，襟怀若谷任红尘。素颜清韵世间君。

志笃宁焚难改节，情真不屈自留魂。高风最是竹乡人。

浣溪沙·咏梅

目睹芳容已自痴，娇姿倩影舞冰枝。幽香伴客雪和诗。

冷艳轻摇惊素梦，高风放咏动瑶池。唤来春色醉金卮。

浣溪沙·咏菊

傲放霜枝妙剪裁，娇姿玉影步高台。痴心跃跃口难开。

露重方谙骚客韵，风萧不掩美人胎。群英谱里众君怀。

浣溪沙·咏兰

玉刻神雕花沁香，屈身幽处艾蒿旁。纤躯虽弱品流芳。

露浸芳心生淡雅，风吹尊面绽祯祥。英姿洁骨赋兰章。

"冰雪诗苑" 微刊 2019.6.29

（新韵）

岁杪有怀（新韵）

鹤发苍颜又一春，诗畴半亩苦耕耘。
经年岁月寒霜剑，咏海酸甜韵客魂。
墨写三更心有乐，毫挥数载梦无尘。
此生未悔初时愿，只把痴情对玉轮。

暮秋感吟

落叶飘飘一梦寒，西风萧瑟起微澜。
南归雁阵声声切，北染枫林处处丹。
流水飞花终远逝，争名夺利等闲看。
且将素韵情中寄，把酒黄昏上笔端。

西江月·春

春晓鹊鸣飞喜，凤帘风动萦祥。悠悠曲岸
柳新黄，千蕾破红初放。

梦里芳英娇艳，心中暖意衷肠。劝君莫负
好时光，失却韶华空怅。

"冰雪诗苑"微刊 2020.2.17

蒲公英四首

一

飞越南坡过北坡，倩身翅小也婆娑。

高姿本就冲霄志，逐梦何曾患寡多。

二

柔姿款影度韶华，媚态无缘四处家。

无意芳名争俏艳，痴情一片向天涯。

三

不羡娇英不羡红，穿林过海上瑶宫。

洁魂玉骨无声愿，落脚山河处处葱。

四

长宵有梦仰星河，四海为家伴籁歌。

无悔人间书挚爱，倾心济世破顽疴。

壶口感吟

浩浩千钧击荡来，狂澜怒卷玉门开。

神龙啸处连天起，叹尔魔妖一径哀。

"冰雪诗苑"微刊 2020.3.3

春望

拨帘窗外一声啼，是处云烟柳线低。

燕剪春辉萦碧野，风摇玉杪绿清溪。

梦中乡梓思犹苦，陌上青苗望欲迷。

但使东君传信去，花开古道小桥西。

《诗词月刊》2021 年第 5 期第 13 页

葱头

偏偏一抹香，玉质泛灵光。

嫩腹怀幽梦，娇容扮紫妆。

层层同节守，颗颗至情扬。

可羡葱头媚？红尘伴客祥。

"冰雪诗苑"微刊 2020.3.20

紫燕

携春带韵舞翩翩，小院深庭觅故缘。

贵影香风痴旧客，灵姿细雨动青笺。

尤迷窈室池边柳，不恋乌衣巷里烟。

倦翼阑干情一抹，桃园寻梦畴华年。

"冰雪诗苑"微刊 2020.3.27

青蛙

碧水宵星漾一泓，南塘昨夜演和声。

柳丝袅袅伴春韵，蛙鼓訇訇到晓明。

卧淖攀枝才择偶，牵魂踏月又添丁。

江湖险阻凭君跃，携誉人间除害行。

"冰雪诗苑"微刊 2020.4.7

春归

平地惊雷起翠微，东君叩响万家扉。

鸹啼柳岸明湖静，燕舞春园粉蕾肥。

玉树怀英催陌野，香风带韵入闺闱。

只今识得故人面，雁过千梢畴客归。

"冰雪诗苑"微刊 2020.4.10

学诗感吟

久仰文坛结墨缘，诗魔唤我咏残年。

堆词觅句尘光度，弄仄敲平夜鼓传。

每羡华章生敬意，常因拙韵废新笺。

过来一路心无悔，是处清风动客弦。

题图《春》

莺啼燕舞柳摇空，远岫岚烟一望中。

郭外牧童呼指处，霞绡香伴杏花风。

嵌句·浮生又一年

尘海撑舟渡，浮生又一年。

萧萧寒暑梦，历历苦甘缘。

几往惟情笃，终身独骨坚。

风霜催客老，点墨抒心弦。

"冰雪诗苑"微刊 2020.4.28

青玉案·杏花

幽香一缕枝枝俏，引蜂舞，凌空姣。痴客尊前君可晓？风光无限，芳姿惟妙，荣谢知多少。

阶前梦短寒风峭，只那红尘命难拗。泪洒朱颜情未了。英残碧野，魂伤泥淖，纷世终难料。

"中诗导刊"微刊165期－词选粹

落花二首

一

料峭春风四月刁，飞红不忍雨潇潇。

歌残曲罢尘缘尽，再看来年陌上娇。

二

梦碎香消忍别红，此情难断付痴衷。

休怜逝水芳颜败，早借东风醉一通。

"冰雪诗苑"微刊2020.5.8

次韵李白《与史郎中钦听黄鹤楼上吹笛》

驱魔灭瘴浪飞沙，辞别小家全大家。

黄鹤楼头闻战鼓，曙光初照汉江花。

《中华诗词》2020年第6期第38页

题小视频

轻挥玉袖欲飘娥，抖落心尘向爱河。

一曲衷情随梦起，千年梁祝几悲歌。

"冰雪诗苑"快诗赛作品

昭君出塞

南归雁阵瑟萧秋，回望关山几许愁。

故国揪心情漠漠，悲缰驻马意幽幽。

何时再顾汉宫阙，哪日相逢梦里楼。

冷月寒烟魂断处，乡河别恨落孤舟。

《诗词》2021年第14期

嵌句·心悦君兮君不知

簧门一别惹相思，心悦君兮君不知。

叹我凭阑空对月，几回梦里忆犹痴。

"唐风宋韵"微刊 2020.6.5

渔歌子·落叶

冷雨寒烟楼外楼，飘飘梧叶坠萧秋。

情漠漠，意幽幽，心灯一盏慰离愁。

小重山·琵琶泪

马踯人愁泪断篷。家山回望苦，太匆匆。

飞沙不解露花浓。徒悲切，怅恨伴蛩鸣。

何必怨图工。琵琶弦断处，雁移容。马嘶
疆塞诉痴忠。凄凄草，秋月照胡宫。

"冰雪诗苑"微刊 2020.5.29

回乡见发小

思乡痴客苦，寄旅复还家。

紫陌田畴翠，晴空燕影斜。

推心叹驹隙，促膝话桑麻。

梓里情难忘，当年那岭花。

"唐风宋韵"微刊 2020.6.5

十六字令·琴

琴，袅袅柔情几许深。思君切，一曲泪沾襟。

琴，玉阙朱门醉古今。痴情未，何处觅知音。

琴，几度红尘梦里寻。香风里，明月伴君斟。

鹧鸪天·蜀葵

婀娜腰肢染紫红，阶前一夜沐熏风。蜂招蝶恋动痴客，福兆祥紫对玉宫。

黄雀啭，丽人崇，粉妆款影透帘栊。平添雅韵连廊满，串串诗情闭月容。

"中华诗词导刊" 173 期（词选粹）

瀑布

一抹霞光映碧萝，流珠泼玉落银河。

但闻美景图千卷，且看冰帘伴籁歌。

"冰雪诗苑" 微刊 2020.6.23

自遣

回首年华六秩行，沧桑虚度几庸平。

心崇竹骨应无悔，意羡梅魂尚有盟。

惯看红尘浓与淡，闲吟雅趣挚和诚。

随他贵贱沉浮事，捉韵寻词也逸情。

"唐风宋韵"微刊 2020.6.19

无题

浅斟一曲傲王侯，对月红尘望古丘。

贵贱沉浮成往事，金樽玉阙付东流。

河津咏

誉冠河东里，遐声与日长。

地灵人杰处，蕴厚物丰方。

王勃韵犹绕，史迁功益扬。

寒窑名震海，真武火生祥。

禹扼滔天水，贵平枭厥猖。

梯崖神劈斧，禖庙客求郎。

滚滚龙门渡，轰轰锦鲤乡。

斯民多智勇，万古载华章。

《河津市诗词志》2022.9

阮郎归·暮秋

秋风萧索日西沉，寒蝉声咽林。一湖瘦影
飐森森，红尘梦已深。

归雁唳，对宵斟，苍颜和泪吟。黄花露冷
寂寥心，芳魂何处寻。

"冰雪诗苑"微刊 2020.7.7

有感微信诗群

地北天南一指连，悲愁喜乐抒屏前。

掌中尽览人间事，群里常怀尘外缘。

道合扬帆寻旧梦，志同敲韵赋新篇。

微波载我情千缕，笑对春秋向玉笺。

"冰雪诗苑"微刊 2020.7.14

小区新貌

紫红青翠已铺开，满院风光眼底来。

迎客松前留笑影，过廊园内喜盈腮。

干群协力宏图绘，燕雀传情美景裁。

何处琴声醉魂魄，悠悠梦里上瑶台。

"唐风宋韵"微刊 2020.7.17

我爱夏日长

夏日蒸腾酷，犹痴火样情。

金蝉歌玉杪，彩蝶点榴英。

捉蟹河边走，追萤夜里明。

荷红争陌秀，雨骤濯山清。

卧席翁摇扇，隔帘蛙鼓声。

南塘蜓戏水，北岸柳穿莺。

人谓斯时苦，余言此季荣。

毫笺欣落墨，酿得瑞祥生。

"冰雪诗苑"微刊 2020.7.31

雨夜

斟词傍典伴三更，愁听檐间淅沥声。

打湿诗心留怅意，潇潇一夜韵难成。

"唐风宋韵"微刊 2020.8.18

鹧鸪天·回乡

客里思归忆老槐，探乡阡陌喜盈腮。花开
碧野连畴醉，风送晴岚接岭来。

飞蝶舞，啭莺怀。小园香径意悠哉。轻摇
细柳晨光里，何处琴声荡九垓。

猫

攀缘跃树一身轻，夜荡江湖啸四更。

冷目威谷生虎气，闲姿逸态见温情。

何曾鼠辈君前遁，犹自雄心骨里成。

扑蝶馋飧风度在，闺闱点滴伴痴诚。

"冰雪诗苑"微刊 2020.8.14

贺第三届农民丰收节

一夜金风遍地香，谁挥汗水满厩仓。

笑容甜在君心里，绘得宏图迈小康。

思君

建康泪别久相思，卅载无音动客痴。

可记枫桥霜落月，曾游野陌蝶飞时。

韶华岂负鹏程梦，壮志还随日暮期？

远望钟山归雁断，邀君一醉共金卮。

注：建康，南京别名。

红豆

南山红豆惹相思，青鸟旋飞动客痴。

带我幽情传信去，怀人千里泪垂时。

剪窗花

精心妙剪锦心裁，喜气盈门满院来。

纳福招祥辞旧岁，春花早已上窗台。

下厨

闲来兴至下庭厨，案上操刀笨有愉。
挥铲颠锅斟火候，炝疏煎饼练功夫。
淡浓荤素情千味，苦辣酸甜世一途。
三尺灶台连冷暖，欣将快意作乘除。

咏菊

傲放霜枝妙剪裁，莹莹梦里倚高台。
庭前靓影妆秋色，月下娇容映玉杯。
露重方谙骚客韵，风萧不掩美人胎。
红颜何奈黄昏约，寒袭芳魂几度开。

贺河津墨缘书画院成立

书画墨缘风采扬，群贤雅士逸情长。
登堂共聚丹青客，妙笔神来腕底香。

江城子·暮秋游园

游园曲径沐秋风，雁凌空，暮霞红。柳曳丝绦，湖上影朦胧。谁弄箫声如泣诉，情切切，意忡忡。

何销梧叶坠匆匆，小河东，倦移容。冷露无声，愁绪几重重。又忆星稀芦荡处，人已瘦，月如弓。

贺朔州诗词学会成立

桑干诗脉盛于今，皓月重山韵几寻。

马邑沙场怀旧事，雁门关外赋初心。

情飞古道同仁集，墨诉忠魂共菊斟。

咏海扬帆逐龙梦，毫笺浪涌意深深。

《诗词月刊》2021 年第 2 期第 24 页

上党门

雨雾霜风几度春，沧桑岁月久封尘。

扃连千古兴衰事，露染苍苔多少轮。

百载狼烟经战火，一支龙脉泽贤民。

门前肃肃心生敬，燕啭莺旋仰客频。

"冰雪诗苑"微刊 2020.9.22

征妇泪

连天烽火起，黎庶几悲叹。

塞上征蹄疾，沙场蔽骨寒。

凄伤怀古道，幽咽动心酸。

孺子多饥馁，良人身可安？

咏西施

宛若清莲出水来，浣纱溪畔荡魂开。

沉鱼闭月春秋梦，倾国尊颜金玉台，

艳压吴钩停战鼓，裙飞酒影动王桅。

姑苏城外风烟起，愁锁蛾眉几度徊。

"冰雪诗苑"微刊 2020.9.25

抗美援朝胜利七十周年有感

滚滚烽烟战火红，驱狼抗霸挽长弓。

上甘岭抒英雄志，松骨峰吹碧血风。

领袖高瞻龙啸起，威师漫卷寇哀终。

板门店里除嚣焰，七十春秋伟业鸿。

观电影《死吻》有感

老山前线写青春，弹雨枪林浴火人。

二九芳华怀远梦，三千碧血染埃尘。

英雄泪洒豪情在，大爱魂牵正义伸。

卫国沙场标史册，弥留一吻世无伦。

"冰雪诗苑"微刊 2020.10.9

景阳冈怀古

景阳冈上觅贤痕，赤血豪情见晓昏。

古庙严严英气绕，苍槐矗矗壮怀存。

几曾刀下除奸恶，但得碑前揖侠魂。

酒剑江湖多少代，怆然涕下忆君尊。

"冰雪诗苑"微刊 2020.10.16

松

雄姿谡谡耸云霄，咬定青山任怒飚。

傲骨嶙嶙情几笃，高枝肃肃志何骄。

天成地就难趋俗，雪压风摧怎折腰。

不老苍松悠韵在，栋梁千载梦迢迢。

诗咏孔繁森

雪域高原践赤心，扶贫路上几情深。

茫茫野岭书忠骨，耿耿痴魂抱素襟。

血洒珠峰天地泣，梦牵阿里庶民钦。

长歌一曲英雄颂，化作狮泉荡挽音。

"冰雪诗苑"微刊 2020.10.20

苏幕遮·叹流年

晚霞飞，苍鬓染。醉倚阑干，不胜清醪酽。

转眼飞红空笃念。暮鼓声声，几怅朱颜黯。

意难平，情已淡。往事幽幽，风雨寒霜剑。

成败江湖春几览？落叶飘零，红袖楼头憾。

"冰雪诗苑"微刊 2020.10.23

五柳吟

五柳庐前墨韵生，东篱菊下见高情。

纯风玉节超凡度，傲骨忠魂脱俗行。

淡看红尘赍远志，欣居悠处伴仙程。

桃花园里祥云绕，一片诗心荡雅声。

《诗词月刊》2021 年第 3 期第 82 页

晚秋

一抹彤云染夕阳，窗前梧叶渐凋黄。

哀鸿望断人相忆，瘦柳牵愁意几伤。

已倦尘中烦俗事，惟崇墨海玉笺香。

老来无妄心期念，醉向词林两鬓霜。

"唐风宋韵"微刊 2020.10.30

鹰

迎风破雾向天骄，俯瞰千川振九霄。

阔域高翔凭骋越，雄姿勃发任扶摇。

凝眸怒卷狂澜势，起翮威掀霸气飚。

一扫阴霾三万里，尊前爪下几狐嚣。

"唐风宋韵"微刊 2020.11.6

王昭君

黄沙漫漫马嘶鸣，回望家山泪几程。

一曲琵琶千载怨，孤烟冷月到天明。

"冰雪诗苑"微刊 2020.10.30

夜雨

瑟瑟潇风苦，绵绵愁绪长。

客居思故里，南望念高堂。

况此残灯夜，何堪怅意觞。

霏霏窗外雨，青簟几重凉。

杨贵妃

不假胭脂影自崇，羞花闭月起香风。

榴裙舞处君销魄，莲步行台艳溢宫。

魂断马嵬千古恨，歌飞玉盏几春红？

繁华谢尽难逃谶，粉水汪汪一梦空。

《诗词》报 2021 年第 14 期

秋风怀吟

飘飘梧叶舞秋黄，寒袭篱园瘦影长。

陌上飞蓬惊鹭去，湖中曳柳映天飏。

遥遥雁阵排人字，咽咽蝉音诉寸肠。

拂草寻声听蛩语，荡芦掀韵越陂塘。

几曾摇落愁千味，无奈吹残叶遍荒。

卧榻衰翁凄雨苦，拥衾赖簟瑟风凉。

临屏泼墨催诗兴，隔岸吟箫感意伤。

一扫阴霾三万里，家山怀望泪盈舱。

"冰雪诗苑"微刊 2020.11.10

小草

纤纤身段翠无惊，四海为家伴籁声。

岭上涧边凭处绣，风中雨里见光生。

盘根莫问岩和土，立地岂关功与名。

慢道尊容未招眼，春阳一顾也英英。

"唐风宋韵"微刊 2020.11.10

秋日汾河公园（孤雁格）

清风玉影木鎏金，慢步汾园赏客频。

水榭亭台歌起舞，平湖碧渚柳垂纶。

嘤嘤鸟语人尤醉，艳艳东篱朵正匀。

谁染枫霞岚岭外，飞鸿入画缈如氤。

"冰雪诗苑"微刊 2020.11.13

建党一百周年咏

开天辟地写辉煌，铸就初心梦启航。

八一怒涛声浪涌，三千碧血赤旗扬。

情牵龙运兴华夏，志在宏图续汉唐。

浩荡东风吹烂漫，神州处处谱新章。

柴云振

烽烟滚滚请长缨，铁马金戈践赤诚。

血染疆场书傲骨，胸怀华夏献痴情。

忠魂可慰苍天鉴，浩志犹存烈火生。

鸭绿江边写青史，但凭日月照坚贞。

"冰雪诗苑"微刊 2020.11.17

秋登崛嵬山

接天石磴彩云间，陟峻崛嵬千岭关。

半染秋林枫色媚，幽听寺磬梵音闲。

鹰崖岂是嗟神斧，绝壁犹能揽万山。

夕照松峰人几醉，荆勾棘绊约时还。

"唐风宋韵"微刊 2020.11.20

"冰雪诗苑"成立五周年有感

扬帆瀚海咏坛红，五稔梅魂傲雪风。

泼墨初心追梦远，挥毫雅韵著文雄。

词行平仄诗过岭，律动春秋客向东。

笔底青笺载宏愿，长空浩浩起飞鸿。

"冰雪诗苑"微刊 2020.11.20

相见欢·英雄无悔

清魂玉骨精忠，叹英雄。几是纵缰驰马挽长弓。

梦已尽，情犹困，更倾盅。笑看春回涛涌满江红。

"冰雪诗苑"微刊 2020.11.24

立冬

槛外瑟风枯叶飞，萧萧霜浸老柴扉。

残红颓影痴情在，冷枕寒衾绮梦违。

雪打疏枝香上案，魂萦玉朵韵流辉。

遥知漫道冰封客，仆仆艰程几载归。

初冬吟怀

隔夜萧萧赖簟慵，拨帘窗外失葱茏。

园中倩影妆金色，岭上层林透赤容。

暮岁又添霜一抹，寒衾难敛意千重。

思君深处几回醉，老酒三壶何日逢。

"冰雪诗苑"微刊 2020.12.1

竹

碧影参天劲骨存，清风高节几贞魂。

千竿竞发红尘外，浩志何曾在玉盆。

龙门咏

黄龙怒吼泻洪流，谁劈沧门万古遒。

拍岸雄涛惊鹭起，销魂绝壁咏声留。

崖飞一梦频思禹，势裹千钧遽忘忧。

雨打风摧多少载，诗心难锁几回头。

此诗获河津市赛诗赛文三等奖

乡思

客并从事历年行，难断乡音梦里萦。

老井幽幽传笑语，苍槐谡谡唱流莺。

独怜窗外千秋月，几望家山一世情。

无奈衰颜恨羁旅，依栏夜半醉三更。

故园春色

别梦依稀动客痴，炊烟一缕几相思。
园中粉朵迷悠径，郭外青苗展玉姿。
岭拂香风千里艳，溪旋紫燕满坡诗。
荷锄阡陌耕人乐，似有鸡声出院篱。

"冰雪诗苑"微刊 2020.12.25

岁末感怀

六秩光阴度，霜花两鬓留。
诗田耕半亩，尘海搏孤舟。
历历寒风酷，痴痴绮梦幽。
应欣无跸路，未悔一生求。

喜鹊

脚踏高枝放嗓歌，门前送喜越乡河。
呼晴唤客迎祥瑞，捷报声声好运多。

"冰雪诗苑"微刊 2020.12.29

85

貂蝉

粉黛蛾眉点绛樱，榴裙舞起汉堂撑。

香风玉魄千般爱，红袖娇姿万种情。

几往纤躯扶社稷，惟将艳骨罢刀兵。

休言媚影人间祸，谁出尘中一世枰。

"冰雪诗苑"微刊 2021.1.1

谒司马迁墓二首

一

高陵肃肃气萧森，魄揽沧桑耀古今。

劲柏参天书洁骨，昭昭两代老臣心。

二

搦管沧桑探古幽，兴衰往事指间收。

毫尖浪涌八千里，史海风云载九州。

《冰雪诗苑》微刊 2021.1.5

读《北风行》有怀

塞上风烟望影单，良人何日罢征鞍。

雁门关外飞蹄疾，马邑沙场弃骨寒。

梭织萧秋垂玉泪，砧敲千里动悲酸。

青丝落暮孤灯尽，几梦胡尘冷月残。

书

文藏千古事，一卷解红尘。

字里乾坤大，行间理趣真。

崇君多苦乐，入腹几经纶。

谓有金镶玉，趋之墨客珍。

"中华诗词导刊" 184 期（律诗选粹）2021.7.8

春风

才过江南岸，便来吟韵长。

染红千树蕾，吹绿一川妆。

水漾掀云影，情飞忆故乡。

春风如贵客，醉得几诗肠。

村头老树

老树村头福泽深，啼莺落鹊醉乡音。

南来北往枝前客，一抹沧桑几辈荫。

"中华诗词导刊" 176 期（绝句选粹）2021.4.13

牛

俯首沧桑度，痴诚历苦辛。

奋鞭无怨悔，负重岂嫌嗔。

尽阅千般味，欣呈五福珍。

哞声泥雨脚，唤得笑颜人。

咏春

千里春回暾日红，翛然郭外沐和风。

莺啼碧岸毵毵柳，燕掠新梢片片葱。

岭上桃夭枝绚烂，湖中波漾影玲珑。

幽香拂面谁家妹，落落南墙火一篷。

"竹韵江西" 微刊第 60 期 2021.3.17

怀望

遥望家山客意忡，相思无奈忆河东。

何时共醉故乡月，一抹乡愁梦里逢。

"冰雪诗社"微刊 2021.2.5

备年货

年关将近备年珍，店铺摊前客顾频。

选幅红联带祥瑞，称些大肉敬财神。

画中长箭腾空起，架上金牛送福新。

挎得琳琅心意满，一眸喜气一篮春。

"唐风宋韵"微刊 2021.2.11

新春

塘前柳拂丝，暖照落春池。

鸣鹊飞千郭，吆红醉一枝。

哞声催旧梦，陌绿起新诗。

十里和风荡，开怀擎玉卮。

"竹韵江西"微刊第 61 期 2021.3.27

辛丑年初一寄怀

溢彩流虹辛丑春，声声贺语寄朋亲。

屏前感慨情无尽，梓里牵愁意几珍。

蓬落他乡羁客苦，魂萦故土忆中人。

一怀幽梦何时解，稽首河东泪湿襟。

"唐风宋韵"微刊 2021.2.26

元宵节忆童年

汤圆火树忆童龄，不夜元宵灿灿荧。

十里华灯声鼎沸，三更戏院影娉婷。

耳萦腰鼓望虹雨，喜上眉梢起玉星。

几度乡愁谁与解，掌中微信韵千屏。

"冰雪诗社"微刊 2021.2.26

致敬加勒万河谷戍边英雄

宵小愚邦犯我疆，龙师漫卷镇天狼。

魂留雪域书忠骨，血淬刀锋鉴赤肠。

仗剑何教胡虏虐，裹尸犹看国威扬。

神州有此雄兵在，岂许阿三肆逞狂。

"冰雪诗社"微刊 2021.3.5

题图《春花秋实》

秋风不曳一枝孤，纳尽流光弹玉珠。

纵使无言披老叶，娇莺枝上韵萦纡。

雄鸡

破晓一声啼，嘹歌唤彩霓。

雄风振华夏，逐梦与天齐。

喀喇昆仑烈士颂

血洒昆仑践赤忱，冲天豪气闯枪林。

英雄一曲戍边颂，化作狮泉荡挽音。

"冰雪诗社"微刊 2021. 3. 5

三八节献给妻子

玉立娇姿百褶裙，蓝桥相遇梦重温。

姣颜蕙质三生暖，丽影冰心一世尊。

携手红尘情以沫，结缘挚爱岁留痕。

当年海誓同明月，烛剪窗前几辈恩。

《中华诗词导刊》177 期（律诗选粹）2021.4.15

太常引·五陵邑怀古

当年酒绿付红尘。不见昔时人。豪冢土成茵。但只见、西天赤云。

鲜衣宝马，千盅一醉，碧瓦映朱门。盛败几回轮。叹不尽、烟消露新。

"冰雪诗社" 微刊 2021.3.12

悼念竹韵汉诗元老何年生老师

吟坛不幸失梁才，噩耗传屏感地哀。
一梦仙魂乘鹤去，千声悲痛扯心来。
高风常驻留仙骨，玉节犹存曜九垓。
韵绕亡灵祭英杰，先生洁魄骞瑶台。

"竹韵清幽精品诗社" 专刊 2021.3.8

百年放歌

红船一梦起狂澜，唤醒农工揭万竿。

振臂兼程除腐恶，挥戈驱寇跨征鞍。

千年华夏初心笃，四海升平众志磐。

舵定航标同奋力，复兴路上再扬帆。

《难老泉声》2021 年第 2 期第 34 页

谒王维衣冠冢

萧条幽径觅诗缘，掸去心尘拜古贤。

镌石英名随韵矗，痴情贞骨伴君眠。

乡关梦里寻灵气，翰墨林中仰玉篇。

一代骚魂呼不起，孤烟塞上几重天。

"冰雪诗社"微刊 2021.3.19

郊外踏青得句

踏青陌上沐和风，十里春光醉晓瞳。

燕舞明湖莺啭柳，烟生碧野杏翻红。

一怀愁绪抛天外，万顷金黄入梦中。

欲把心情重打理，欣凭老眼赏葱茏。

《诗词月刊》2023 年第 6 期第 76 页

暮岁吟

又忆当年揭榜时,寒窗十载梦相期。

而今虚度无夸事,却剩当年那份痴。

"冰雪诗社"微刊 2021.3.26

青玉案·梨花

冰姿玉魄朝朝素,墨客羡、佳人顾。雾里娇颜情几缕?却尘无限,倾城香户,多少衷情句。

阶前不忍潇潇雨,打湿痴心泪何住?梦断红尘缘已去。香消流水,魂伤别浦,一诺终相负。

"中华诗词导刊"182 期(词选粹)2021.6.19

归燕

一路风尘逐梦长,如烟往事几沧桑。

拂红掠翠携初愿,剪韵裁诗向远方。

眷恋门前意何笃,呢喃声里句尤香。

故园今又添新客,双落檐间伴栋梁。

"唐风宋韵"微刊 2021.4.16

故园陌上怀吟

晓起乡园陌上行，春风拂柳醉啼莺。

无边翠绿波波曳，一畈金黄朵朵成。

鹊唤新梢招故客，心从往事忆童生。

曾经多少鸿途梦，都付红尘两鬓星。

"冰雪诗社" 微刊 2021.4.20

采茶妹

一曲茶歌韵绕冈，晨风拂露点红妆。

春梢嫩处何灵指，撷得新青篓篓香。

"冰雪诗社" 微刊 2021.4.23

杏花落

玉朵娇妍几日开，刁风袭魄委墙隈。

红尘半世空余恨，粉瓣千层遽落哀。

泪作香泥痴旧梦，心伤浊淖眷青胎。

洁魂一缕归何处，万念情丝十里徊。

春游

携友景相寻，春红草木深。

莺歌池上柳，杖敲岭前荫。

放嗓豪情起，落杯欣意斟。

望中人欲醉，汩汩濯尘心。

"冰雪诗社"微刊 2021.4.30

香椿

不作春红献嫩青，盘中一味厚香型。

几多食客身前醉，未入琼盘馥满庭。

"冰雪诗社"微刊 2021.4.27

武圣咏（入雁格）

立马横刀几十春，青龙偃月荡风尘。

勇声贯耳扶贤主，剑气凌云遏逆臣。

义盖乾坤高德厚，忠留华夏圣名神。

侠肝赤胆崇千载，一代英雄照古今。

《诗词月刊》2021 年第 8 期第 71 页

清泉寺

晨钟暮鼓韵幽深，一脉清流过梵音。

岫绕烟岚萦紫气，众生香火涤尘心。

有缘俗客签签吉，无欲禅堂岁岁歆。

度尽劫波修正果，佛光灵处几回寻。

"竹韵江西"格律诗词微刊（65）2021.6.6

海棠花落

轻妆淡抹几相尊，一暮刁风作雪魂。

缕缕情丝谁与共，循君烛影到柴门。

"冰雪诗社"微刊 2021.5.18

军嫂

孤灯一盏照无眠，又忆兵哥梦儿圆。

塞上寒星知责重，心中挚愿释贞坚。

历经冬暑千般苦，撑起河山半壁天。

甘献青春无怨悔，军功册里绽清莲。

"中华诗词导刊"184 期（律诗选粹）2021.7.8

大海的呼唤

朝霭茫茫雾锁嗷，一汪清澈渐无存。

遥期核污且停放，护我家园佑子孙。

注：核污，指日本欲倾核污水于大海。

"中华诗词导刊" 183 期（绝句选粹）2021.6.28

故乡的原风景

独坐楼台忆故乡，啼莺落鹊那风光。

一湾清水村边过，十里夭桃陌上妆。

岫绕青岚生惬意，笛吹碧浪泛幽香。

炊烟袅袅哞声起，放嗓鸡歌出院墙。

"冰雪诗社" 微刊 2021.6.4

青玉案·桃花

红颜合是仙宫客，醉蜂蝶、销魂魄。玉朵
娇妍灵秀色。风光无限，丹青万册，妆染三春赫。

痴心何奈墙篱隔，笑那痴人几情扼？一梦

红尘何以迫。翠帘香袖,残容萧索,怎忍魂飞陌。

游广西途中有吟

兀突灵峰迓客忙,携春带韵醉瑶乡。

明湖倒影掀诗意,仙雾腾空起玉章。

远望万山胸臆阔,独撑一棹水云长。

寻幽还看漓江美,梦里情歌九道梁。

"诗词世界"2021 年第 7 期第 26 页

挽袁隆平院士

噩耗惊闻动地哀,九州垂泪失梁才。

神农一梦飞仙去,欲挽英魂百韵开。

悼念袁隆平院士

噩耗传来漠漠昏,山河顿足泪倾盆。

功留华夏千秋仰,德耀乾坤举世尊。

励志稻粱行大爱,忧民衣食鉴忠魂。

英灵可慰神农梦，玉节奇勋惠子孙。

"冰雪诗社"微刊 2021.5.28

初夏

谢别群芳入夏营，营中榴焰欲倾城。

灵姿蛱蝶三千媚，碧野葱茏一马平。

醉享荫前观鸟影，欣从雨后听蛙声。

蝉歌高起冲天颂，更喜人间火样情。

"冰雪诗社"微刊 2021.6.8

故乡行

魂萦梦绕几沧桑，久寄他乡觅故乡。

春漾波波观碧海，蜂迷片片荡金黄。

新村联网心花绽，古镇通衢宝马忙。

客到巷头童不识，莺歌唤我进洋房。

"唐风宋韵"微刊 2021.7.2

添声杨柳枝·吟客

两鬓流霜暮色憔，夜风刁。银屏香案慰寂寥，远尘嚣。

墨染吟魂迷梦笃，痴情沐。三更瘦影度清宵，韵难敲。

夏游北京东郊湿地公园

携眷同游赏九皋，榴英吐艳摅情豪。

人循曲岸风摇柳，蜓展轻绡鹭起袍。

百转清漪接天近，千回翠帐醉心陶。

铺荫悠处仙篷落，玉朵祥云驾鹤高。

鹧鸪天·高考前有忆当年

万马通关人海茫，流年又忆苦悬梁。心萦一梦怀痴念，夜挑三更伴冷釭。

情几笃，志尤长。墨香如作桂枝香。欣观今日龙门渡，但愿明朝遍玉郎。

樱桃

出落青枝玛瑙红，娇颜贵质几玲珑。

溜圆剔透招君爱，瑰丽香甜惹客崇。

但得人间留蜜意，何曾梦里失初衷。

谁知美味盘中醉，九九艰辛禾下功。

"冰雪诗社"微刊 2021.6.29

贺盐湖区诗联学会第二届代表大会召开

缕缕祥光盛世逢，吟台高耸起河东。

诗魂一脉群贤集，瀚海八方奇志崇。

最是初心追好梦，尤驰碧浪驾长风。

征程万里凭君越，踏跃昆仑揽彩虹。

汨罗怀思

一曲离骚壮汨罗，千年幽愿荡清波。

谁知携恨忠良泪，掀我诗情有几多。

思友

昔日同游意气骄，寒山寺外上枫桥。

而今忆昔风华客，独向寒山两管箫。

"冰雪诗社"微刊 2021.6.22

观露

莹莹倚碧台，琼朵向天开。

不屑妖娆媚，惟将剔透裁。

冰心昭洁骨，素影却尘埃。

笑看风和雨，清魂泽九垓。

"唐风宋韵"微刊 2021.6.25

夏日即景

蝉音向夏多，蜓恋绕清荷。

碧岸莺穿柳，明湖燕撇波。

荫随日光动，瓜熟蔓香拖。

摇扇祥云起，翁哼卧簟歌。

"冰雪诗社"微刊 2021.7.2

过韩信岭

野草孤坟泣栋梁，千年功过付沧桑。

身前宏略萦豪气，垓下雄风断霸王。

徒叹英名三百勇，空留遗恨一声凉。

将军应悔聪明误，卸马嘶鞍几客伤。

"冰雪诗社"微刊 2021.7.5

水

不居高处静无声，蕴育人间多少情。

辽阔江天滋梦远，谦良玉质透心明。

载舟厚德浑低调，滴石柔功几杰英。

涵化千年悲与喜，一波浪起一波平。

"冰雪诗社"微刊 2021.7.9

绿色家园

往日尘霾草木憔，蒙蒙不见野莺娇。

而今绿色甜心里，月撒银星俏碧霄。

"冰雪诗社"微刊 2021.7.13

夏游颐和园

雨霁云开赤日骄，颐和园里访前朝。

明湖垂影犹王气，万寿尊峰正碧霄。

殿诉春秋诚客叹，鸟吟松柏溽风消。

长廊一栋连今古，龙脉千年盛不凋。

"唐风宋韵"微刊 2021.7.9

平遥古城

遐迩闻名仰古存，风霜雨雾几朝暾。

堞连千载兴衰事，瓦染苍苔多少痕。

一票融通迎日盛，百年起落共荣尊。

登高复上谯楼远，烽火烟城照汉魂。

"并州诗词"微刊第 63 期 2021.7.18

入伏随吟

溽气蒸腾暑客呻，蝉鸣聒噪闹频频。

心封意懒无思绪，汗湿青笺伛影人。

《百泉诗词》2021 年第 3 期第 28 页

文具盒

几经冬暑度春秋，理想前程一梦收。

小小身躯连执愿，龙恩榜上伴鳌头。

"冰雪诗社"微刊 2021.7.20

京城照看孙儿随吟

朝迎旭日晚携昏，久客皇城伴幼孙。

踩水爬高凭兴致，追蜂赶蝶弄泥痕。

尘心每并童心悦，喜气常随稚气存。

世上天伦都五味，累中苦乐竟相跟。

"唐风宋韵"微刊 2021.7.24

满江红·精忠烈

报国投戎，鸿鹄志、乾坤仰誉。擎利剑、踏平胡孽，九州功著。荡万里沙场敌寇，传千载赤忠朝暮。洁魂笃、豪气掣长鲸，河山固。

精忠烈，情几许。奸镝急，谗如虎。慨红尘浪卷，泣英雄注。血淬刀锋除虏虐，君遭邪佞含冤去。扼腕起、看立马昆仑，垂千古。

"竹韵江西"格律诗词（70）2021.8.21

忆童年爆米花

气势冲天绽玉花，无关时令走天涯。

休言未入群芳谱，一缕馨香众口夸。

"冰雪诗社"微刊 2021.7.30

郑州暴雨抗灾有感

突降洪灾举国惊，而来飞祸痛苍生。

倾盆暴雨千年遇，抢险中原八万行。

浊浪汹汹凝众志，雄风凛凛缚魔精。

豫州荡响擎天曲，水患无情爱有情。

"《诗词月刊》太原工作站"微刊 2021.8.1

思友人

与君相别已经年，苍鬓飞霜叹逝川。

对月樽前一杯酒，几回梦里小桥边。

"唐风宋韵"微刊 2021.8.10

赋得"楼高月近人"

皓皓长空月，清辉照玉楼。

铺银千里白，入夜四更幽。

意怅叹萧色，蛩寒鸣素秋。

佳人凭槛望，遥客对杯愁。

无奈徊廊下，相痴梦晚舟。

隔帘多少泪，影过柳梢头。

圆珠笔

小小圆珠笔吉祥，腹怀油墨走兰章。

根根唤我童时景，腕下春秋一梦长。

瞿塘峡咏

浩浩千钧击荡来，狂澜怒卷玉门开。

刺天锋剑云中立，削壁悬崖梦里徊。

烈烈仙风听绝句，巍巍白帝起惊雷。

几重呼啸掀诗意，一境雄魂冠九垓。

夏游汾河公园

贯耳蝉音响破天，寻悠小步沐曛烟。

滨河柳岸人如织，水榭霓光影倒悬。

一缕馨香沁魂魄，千声金曲醉婵娟。

轻摇折扇荷塘月，拂面泠风好梦牵。

"冰雪诗社"微刊 2021.8.20

乔家大院

高墙碧瓦势凌穹，上马石前望玉骢。

沥粉堆金惊四海，飞檐挑角入深宫。

信赢天下宏图展，义伴英名九域通。

声震八方驰誉远，一朝巨贾傲寰中。

"并州诗词"微刊第 64 期 2021.8.16

七夕怀吟

亘亘天河隔断肠，梭梭声碎唤牛郎。

蛾眉频锁愁颜驻，玉影犹添怅意伤。

月朗星稀思切切，风微情笃念茫茫。

鹊桥有泪化悲雨，遥羡人间鸳伴莺。

"唐风宋韵"微刊 2021.8.20

河津老年书法家协会成立二十周年贺（新韵）

廿年逐梦著丹青，奋棹兰舟乘好风。

墨走龙蛇驰万里，长笺重彩起飞鸿。

过龙泉寺

别夏寻幽寺，太山携友行。

穿林循佛磬，拂翠伴溪声。

一抹禅烟起，千重紫气生。

龙泉香炷客，谁解梵音清。

"冰雪诗社"微刊 2021.8.31

文庙谒圣

几度沧桑漠漠痕，棂星门里仰儒尊。

苍檐画栋昭华夏，古柏参天佑子孙。

学播乾坤高德厚，胸怀社稷圣风存。

孝忠义节传千世，一代师宗耀汉魂。

"唐风宋韵"微刊 2021.8.27

感秋

暑尽清风软，荷残菊盏开。

天高起鸿雁，露重敛尘埃。

一抹霞绡染，千重素韵来。

痴心问明月，把酒向瑶台。

"冰雪诗社"微刊 2021.9.2

故乡怀旧（新韵）

往事悠悠唤不回，小村新貌旧颜非。

只今惟有堂前月，依旧当年向客辉。

"冰雪诗社"微刊 2021.9.7

牵牛花

漫上篱墙秀玉姿，往来过客几成痴。

妆描秋夏三分媚，艳抹藤萝十万琦。

未共春华争靓色，只从风韵播新诗。

洁魂不染红尘渡，一抹柔情伴夕枝。

绿萝

楼台牍案绿成堆，赐我清新带韵陪。

护得郁葱情一份，对将玉叶敬三杯。

"冰雪诗社"微刊 2021.9.17

贺中华诗词学会官网升级（新韵）

国粹弘扬四海崇，屏前一键古今风。

词行平仄诗过岭，唱响初心九域声。

"中华诗词学会官网" 2021.9.8

秋登栖霞山

明秀灵山引客崇，六朝胜迹帝王风。

三峰翠嶂连天近，两涧清溪蕴古穷。

手握烟岚驰梦境，枫燃谷壑映秋红。

栖霞寺外梵音杳，一抹诗情上九重。

"冰雪诗社"微刊 2021.9.24

与妻做番茄酱有感

溜圆剔透赤红瓤，美味新鲜淡淡香。

洗尽沧桑尘不浣，衷情挚爱一瓶装。

《诗词月刊》2021 年第 11 期第 30 页

中秋有怀

皓皓冰轮挂碧空，中秋几度忆重逢。

邀君共醉今宵月，莫把相思落玉盅。

"冰雪诗社"微刊 2021.9.21

洪洞大槐树

肃肃雄姿厚土恩，几经风雨几朝昏。

枝连龙脉千秋客，身系亲情赤子魂。

阅尽沧桑君不老，筑牢社稷梦长存。

大槐树下祥烟盛，华夏苍生祭一根。

"并州诗词"微刊第 65 集 2021.9.18

伤春

一抹春深处，佳人伤艳枝。

飞红无限恨，惜瓣几多期。

梦碎犹牵挂，意阑还念痴。

怜花风雨切，片片落相思。

"冰雪诗社"微刊 2021.9.24

秋雨有怀

夜来秋雨惹愁思，打湿寒窗乱玉池。

敧枕伤怀因远客，铺笺有梦却无辞。

曾经几度风华茂，已作沧桑雪鬓耆。

一阕清词难意尽，尘途冷暖念应知。

"唐风宋韵"微刊 2021.9.24

忆金陵友

遥望江南客意忡，萧萧暮色断飞鸿。

与君一别无消息，难忘栖霞向晚枫。

"龙吟诗社"微刊 2021.9.29

贺李金龙老师《桑榆情》付梓

韵海长帆鼓远舟，毫笺浪涌赋春秋。

慧心裁得云和月，八万珠玑一册收。

拜谒大槐树有怀

祭祖龙魂何处寻，大槐树下意沉沉。

众生香火青烟盛，百转年轮挚爱深。

含泪只因多劫难，叩头犹敬遍祥荫。

沧桑一脉炎黄梦，四海情归赤子心。

"冰雪诗社"微刊 2021.10.1

河津琉璃咏

耿邑文明九域风，悠悠千载古今崇。

釉光溢彩名天下，一脉辉煌耀祖宗。

三峡行

蜿蜒八百挽山行，高峡波光一路平。

碧岭攒头迷远客，金风携韵伴仙声。

千年神女峰前立，几度骚章水上成。

依旧滔滔东逝去，雄魂绝冠古今名。

"冰雪诗社"微刊 2021.10.8

思乡

羁客他乡卅载行，难忘故土那怀情。

河东父老如相问，月下凭阑望古城。

"冰雪诗社"微刊 2021.10.29

秋谒白公馆

肃肃白公馆，千年烈士魂。

舍身担道义，浩气壮昆仑。

"唐风宋韵"微刊 2021.10.12

游长江三峡人家

飞歌越水土家音，翠岭龙溪蕴古今。

造化神工开画卷，生来仙雾惬尘心。

悠然舟上笛声远，自是篁间楚韵深。

借得风光成一阁，八方醉客共诗吟。

"唐风宋韵"微刊 2021.10.31

游长江三峡大坝（入雁格）

谁持宝链缚苍龙，一锁狂澜八百重。
扼患而今江失怒，赐祥自此喜萦胸。
名驰九域昭来世，功在千秋耀祖宗。
大写初心怀绮梦，雄姿谡谡挽长虹。

"唐风宋韵"微刊 2021.10.15

小人书

刻画连环栩栩生，传神故事梦中萦。
心灯一盏红尘渡，伴我童年几许情。

"冰雪诗社"微刊 2021.10.15

过小三峡

斧劈神开一线天，云飞翠嶂水中悬。
翠涛挂玉三千尺，绝壁惊猿八百年。
峻惹诗肠萦古韵，幽循栈道忆前贤。

几多仰叹心犹醉，入梦风光伴我眠。

壶口瀑布

滚滚惊涛万古遒，飞珠泼玉几曾收。

黄龙啸处震天起，不到王宫志不休。

山西抗洪有感

天漏汹汹漫陌城，而来飞祸痛苍生。

八方共奏擎天曲，水患无情爱有情。

"河津风采" 2021.10.22

河东抗洪

暴雨连天起，洪魔三晋汹。

赴汤凝众志，扼浪捣黄龙。

"河津风采" 2021.10.22

诗城吟怀

听涛望峻沐雄浑，翠岭岚烟没咏痕。

辉洒城头人已去，鸟鸣古道韵犹存。

封尘往事三千载，染墨苍苔八百魂。

隐隐轻舟萦绝句，悠悠白帝几朝尊。

鹧鸪天·河津抗洪

天漏汹汹漫耿城，汪洋一片祸端生。长堤决口洪魔虐，浊浪行凶面目狞。

挥利剑，降神兵，八方儿女荡魔征。雄风化得云开日，大写初心再起程。

"冰雪诗社"微刊 2021.10.31

游双桂山苏公祠

韵伴苍苔两袖风，鹿鸣双桂仰文忠。

苏公祠内寻高节，一代英才旷世崇。

《诗词》报 2022 年第 11 期第 15 版

贺神舟十三号成功发射

神舟耀万邦，携梦世无双，

一啸冲天志，摘星盛满江。

"冰雪诗社"微刊 2021.10.26

暮秋即景

瘦柳摇黄露湿蓬，萧萧烟岭断归鸿。

一怀幽愿随风去，多少乡愁杯盏中。

"竹韵江西"格律诗词（77）

收音机

匣音绝响梦中萦，海北天南一样诚。

解得红尘天下事，微波载我几多情。

"冰雪诗社"微刊 2021.11.10

过西山网红桥

一桥携嶂齐，五彩入天池。

驾雾行空客，飞龙正起时。

"冰雪诗社"微刊 2021.11.3

过天龙山

亘亘西山势峻峨，一条云路贯银河。

网红桥起循龙脉，风领车飞伴玉萝。

万顷碧涛仙客醉，三秋枫火媚颜酡。

霜林约我风撩韵，岭满诗情路满歌。

"竹韵江西"格律诗词（77）

赞宁夏治沙人

昔日荒丘漫地沙，谁挥汗水绿天涯。

笑容甜在君心里，老茧磨开幸福花。

鹧鸪天·绿色宁夏

荒漠今朝变绿原，春风一顾百重涟。白鹅
湖上旋空舞，碧野园中赏客欢。

林似海，岫如烟，黄沙失怒起新篇。谁言
塞上无灵色，梦里青山水里天。

"唐风宋韵"微刊 2022.10.27

残荷

眸前残影粉颜空，一片凋零露湿蓬。

为问清波何意懒，南塘昨夜过西风。

"冰雪诗社"微刊 2021.11.17

游重庆会仙楼

网红打卡动江潮，俯瞰山城韵最骄。

借问何来千岭阔，会仙直上九重霄。

《诗词》报 2022 年第 11 期第 15 版

观《长津湖》有感

滚滚烽烟燃国门，三千铁甲荡魔奔。

救亡血喋中朝勇，御敌疆鏖日月昏。

炮火纷飞伸正义，龙师漫卷震乾坤。

魂融腊雪惊神鬼，保得江山九域尊。

《诗词月刊》2022 年第 3 期第 9 页

暮秋银杏

一树清风换玉妆，鎏金岁月赋华章。
轻摇小扇红尘里，独爱秋深醉夕阳。

过重庆长江索道

一索蔑江威，凌涛卌载辉。
休言天堑隔，仙客驾云归。

"冰雪诗社"微刊 2021.12.8

初冬瑞雪

漫舞云端下玉台，仙姿洁魄却尘埃。
寒风一夜清魂驻，青女三更素影来。
遍撒人间凝瑞气，尤迷陌上卧红梅。
芳心许得春中韵，片片深情化儿垓。

辽源龙首山游吟

龙首山巅踏雪行，万般兴致意中生。

丛林落鹊鸣祥瑞，曲径沿坡赏客城。

骋目犹看千岭阔，登高不觉一身轻。

辽河俯瞰奔流去，许梦魁星八百诚。

"龙吟诗社"微刊 2021.11.29

寒梅

素裹银装遍地皑，凌寒傲放一枝开。

千呼万唤芳魂笃，只为春红早日来。

"冰雪诗社"微刊 2021.12.1

闻习近平总书记"我将无我，不负人民"有感

不忘初心续壮篇，洪声贯耳志何坚。

身兼使命无私爱，头顶人民一梦牵。

幸我中华赢舵手，腾龙四海慰前贤。

雄风拨得云开日，破浪扬帆震九天。

《诗词月刊》2022 年第 1 期第 79 页

初冬即景

朔风瑟瑟过龙城，雪映千峦一望明。

忽听今朝平仄事，琼枝落鹊送祥声。

柳梢青·贺河津荣膺山西诗词之市

暖照阳明，耿城凤舞，鹊唤祥生。浪涌黄汾，倾怀社稷，墨海飞鹏。

扬帆破浪千程，壮龙梦、初心朗声。宋韵临门，唐风入户，代有贤英。

初冬落叶

寒风一夜付溪流，衬过春妍度过秋。

借问枝前伤意客，几回盛败几回愁。

悟

心经默默悟难明，般若犹迷梦未成。

三界升沉因果起，一朝富贵是非生。

痴魂有道天存数，劫海无涯地作枰。

胜败如何皆付水，缘来缘去几回清。

"唐风宋韵"微刊 2021.12.8

蒙山行

携伴同游沐晓烟，白云深处觅灵仙。

一溪碧水流声脆，十里青峰惬意绵。

耳听禅音香鼎盛，眸迎佛照客留连。

蒙山别有清芬句，韵绕龙城八百年。

冬日蜗居

地冻又蜗居，无聊一本书。

银屏懒回顾，愁绪总难除。

"冰雪诗社"微刊 2021.12.15

补牙有吟

一门洁骨几曾休，耿耿痴魂六十秋。

整队严明任劳怨，临岗笃信未沉浮。

无聊虫豸横生苦，又扰筋根剧痛忧。

幸有刀圭神艺妙，难分难舍为卿留。

《诗词月刊》2023 年第 3 期第 60 页

渣滓洞

志节存千古，铮铮铁骨嶙。

自由诚可贵，信念岂堙沦。

热血贞魂铸，丹心烈火甄。

英雄何壮矣，浩气荡红尘。

"冰雪诗社"微刊 2021.12.29

大雪节怀吟

瘦柳枯枝寒暮鸦，朔风又起断魂笳。

冰河两岸萧萧影，玉宇千重漫漫霞。

酒入痴肠寻旧韵，心萦往事忆芳华。

凭轩遥对乡山月，梦里慈颜客里家。

"龙吟诗社"微刊 2021.12.28

鹳雀楼

千载祥光映玉楼，几朝风雨几春秋。

身经世代兴衰事，魄览河山社稷猷。

多少骚人留绝唱，不穷高韵绕檐头。

白云深处观涛涌，一揽沧桑万古悠。

"并州诗词"微刊第七十期 2021.12.21

写在国家公祭日（新韵）

声声笛警彻长空，祭我同胞卅万灵。

血洗金陵忆国耻，心翻骇浪化雷霆。

腥风唤起雄狮怒，铁马嘶鸣剑气横。

一扫狼烟迎盛世，兴邦勿忘砺刀兵。

雪后游园

雪铺柳岸放新晴，慢步汾园惬意生。

谁把诗情湖上撒，夜来青女下龙城。

"冰雪诗社"微刊 2022.1.5

学诗

欲步骚坛入雅群，堆词觅韵几多勤。

句中平仄尤生堵，诗外辛酸岂可闻。

笔墨书残天上月，霓霞染尽岭边云。

涂成甚意谁知晓，佳作无缘瘦两分。

"唐风宋韵"微刊 2021.12.29

太原地铁开通有吟

傲啸铁龙飞玉宫，千年神话始今逢。

日行八万三千里，荡响初心九域风。

太原钟楼街游吟

古老长街往日风，千家门店客融融。

今朝又见升平景，一派祥和盛世逢。

游太原食品街

美食驰名誉晋阳，明清酒幔拂沧桑。

一条街道千家味，百种佳肴十里香。

客顾门前声鼎沸，刀飞玉练意悠扬。

休闲乐享升平世，解得风情试醉肠。

次韵李商隐《对雪》

纷飞柳陌过红墙，玉骨蛾眉点粉霜。

秀得仙姿舒广袖，飘来靓影炫金堂。

才临寒夜凌空舞，便下尘寰漫地妆。

许梦疏枝几多韵，惟留洁魄唤春郎。

游重庆磁器口古镇

古镇千年石径悠，一条老巷锁春秋。

嘉陵江畔灯如昼，磁器街中客似流。

《诗词》报 2022 年第 11 期第 15 版

辛丑岁杪感吟

苍鬓新霜又一春，欢吟苦赋几风尘。

久无奢念清贫守，欣有青笺绮梦珍。

半亩诗田犹自得，三千烦恼岂沉沦。

毫尖尚可初心事，慰我灯前伛影人。

辛丑年末吟

岁月悠悠志未穷，芳华不复几樽空。

犹叹鹤鬓霜刀利，倏去时光步履匆。

寄客三冬伤冷暖，长江一浪识英雄。

痴魂难解红尘事，待向流云问落蓬。

"唐风宋韵"微刊 2022.1.5

咏梅

劲节一枝孤，凌寒傲雪躯。

塘前生冷艳，唤醒万千株。

《诗词月刊》2022 年第 5 期第 19 页

看高中同学名录感吟

音容笑貌眼前萦，两载寒窗一世情。

嗟叹光阴驹过隙，感伤盛谢叶飞泓。

黉门握别经年梦，尘海飘零隔岸舣。

难忘依依三字泪，忆君忆旧忆峥嵘。

《诗词月刊》2022 年第 10 期第 25 页

春节前朋友聚餐有吟

友朋相聚话迎新，艳点梅枝把盏频。

回首年来思往事，倾怀桌上叹红尘。

无穷兴致杯中尽，几许沧桑酒里匀。

酩酊君前歌一曲，三分醉意七分亲。

"唐风宋韵"微刊 2022.1.26

小萝卜头

牙牙褴褓入牢笼，八载春秋八万忠。

小小身躯担道义，丹心热血震苍穹。

"冰雪诗社"微刊 2022.2.9

题人民公安扫黑除恶

高悬利剑护清平，扫黑除魔战恶行。

志在人民书大爱，身肩使命执长缨。

神威荡处虎蝇灭，金棒抡时鬼魅惊。

盛世何教妖孽起，担当如铁践痴诚。

虎年报春

辞牛贺岁喜迎春，节序轮回又入寅。

一啸山河驱疫瘴，长兴社稷兆祥旬。

生威浩气乾坤震，添翼神州日月新。

撼岳雄风呈盛世，傲林越岭荡嚣尘。

"冰雪诗社"微刊 2022.2.1

晨雪

潇潇洒洒漫将来，如约香枝点绛梅。

素朵犹迷随夜舞，冰魂未负为君开。

身携洁韵痴骚客，意许清风绽玉腮。

赐得江山万千秀，娇姿贵影动瑶台。

"唐风宋韵"微刊 2022.2.1

忆小年

袅袅龛烟祭灶神，招祥纳福古风淳。

麻糖赛蜜诚心笃，紫气萦庭万象新。

祈愿上天言好事，盼望携运兆丰寅。

一壶老酒尊前供，庇佑苍生破疫尘。

壬寅迎春

斗柄东移万象新，寒阳暖照跨冬春。

啸冈金虎雄威在，贴壁红联瑞气臻。

雪落疏枝兆丰稔，祥萦福地祚黎民。

华灯绽喜千家醉，鹊唤升平报晓晨。

次韵陈思明先生《辛丑岁末吟》

寒阳暖照柳绵绵，遥对河东万里天。

牍案无为空入梦，毫尖半锈已经年。

惟期疫瘴消踪迹，但看神州起玉篇。

几往光阴随逝水，还寻新句垒诗田。

题图《童年春节》

哥燃爆竹妹遮腮，福衬红联映老槐。

雪打华灯丰稔兆，一门喜气报春来。

贺北京冬奥会火炬传递

圣火熊熊照古城，一擎荣耀五洲明。

奥林旗下同牵手，点亮辉煌八万程。

"山西诗词学会"微刊 2022.3.8

贺北京冬奥会开幕

新春乍始沐东风，虎啸山川震国雄。

双奥城中千客喜，五环旗下万邦荣。

祥龙腾跃传宏愿，健将飞临搏玉宫。

共挽群英携一梦，瀛寰遍染九州红。

"冰雪诗社·专题吟咏"微刊 2022.2.9

贺中国短道速滑混合接力赛首金

雷驰电掣跃冰刀，接力群英胆气豪。

只道冰封飞燕酷，还看华夏领风骚。

"并州诗词"微刊 2022.2.19

贺任子威冬奥短道速滑夺金

雪燕驰飞勇夺金，子威傲啸奏强音。

争先道上谁同比，一展雄姿报国心。

贺谷爱凌获冬奥自由式滑雪大跳台金牌

凌空雪燕傲群英，展翅雄风举世惊。

看我中华巾帼美，金台一笑可倾城。

"竹韵江西"微刊 2022.3.20

贺高亭宇获北京冬奥会
男子五百米速滑金牌

五星赤帜举肩披，王者声威起赞诗。

电掣雷驰冰道越，龙飞虎啸世人奇。

靴刀利刃书新韵，汗水涔云傲玉池。

一跃金台名四海，风流还看九州儿。

"冰雪诗社"微刊 2022.2.23

壬寅元宵夜（新韵）

银花火树共天齐，月下飞诗过岸堤。
虎啸街衢灯溢彩，龙腾巷陌稚猜谜。
威风锣鼓春潮涌，盛世祥和韵客题。
共度辉煌不眠夜，升平四海起虹霓。

二孙儿出生百天有吟

火树银花照夜明，上元节里吉祥生。
孙儿百日喜同庆，快乐相随八万程。

北京冬奥会女子花样滑冰感吟

仙姿玉影任轻灵，雪燕翻飞展翅娉。
举世英姿惊世羡，五环一梦耀群星。

竹（新韵）

节劲竞葱茏，擎天立地雄。

莫怜无艳色,清气九千重。

《诗词月刊》2022 年第 5 期第 19 页

忆童年冰糖葫芦

莹如玛瑙红,串串秀玲珑。

走遍千条巷,招来一众童。

吆声传岭外,蜜意驻心中。

忆昔乡愁梦,尤甜客里翁。

冰雪诗社微刊 2022.3.2

春游汾河园

慢步汾园赏客悠,和风拂面柳丝柔。

无边春色心中醉,隔岸琴声耳际浮。

漾漾滨湖翻玉影,嘤嘤鸟语破闲愁。

斜阳一抹霞飞梦,又见新梢绿雁丘。

"唐风宋韵"微刊 2022.3.2

长征

肩担道义闯枪林,踏遍雄关一梦寻。

血洒险滩怀挚愿，贞镌雪岭荡强音。

饥肠岂畏忠魂在，铁骨犹存举世钦。

两万里程书浩志，草根锻铸一初心。

"潇湘紫竹"微刊 2022.3.23

浇花感吟

青葱媚朵秀阳台，呵护勤勤伴我开。

滴水恩情犹未忘，迎光粉瓣恁多裁。

盆盆玉液滋苗壮，簇簇红颜笑客呆。

一份辛劳一份爱，寒庐不逊小蓬莱。

"唐风宋韵"微刊 2022.3.9

晨起漫步

晨起沐和风，翛然陌上翁。

塘前莺啭柳，甸里绿成丛。

波漾游凫悦，岫青吟客融。

闲愁九霄外，惬意在心中。

"潇湘紫竹"微刊 2022.3.8

郊外随吟

碧野一望迷，莺歌柳线低。

情飞烟岭外，撷韵过南溪。

"冰雪诗社"微刊 2022.3.16

游园随吟

草木茵茵柳线轻，和风吹皱一泓平。

客循曲岸云沉影，鸭戏苍波阁起笙。

煦煦春光烦恼去，啾啾鸟语吉祥生。

千般画卷难裁句，借得霞绡四韵成。

"《诗词月刊》太原工作站"微刊 2022.4.3

二分明月夜

流光溢彩水风悠，玉树烟波醉客眸。

岸上梅香花正艳，湖中影媚月尤柔。

春浓佳丽箫声远，夜灿明珠福地优。

二十四桥幽韵在，竹西星火映千秋。

"唐风宋韵"微刊 2022.4.20

二十四桥吟怀

廿四桥前动客情，烟波湖上玉箫声。

三千星火无眠夜，柳岸香风对月明。

晋文公重耳

逐鹿春秋浩志鸿，身前宏略几雄风。

贤君霸业今何在，回望长河一梦中。

"并州诗词"微刊 2022.3.23

清明节前思先父

又至清明雨落时，断肠人向梦中思。

慈恩厚德今何在，遥望河东泪影悲。

"冰雪诗社"微刊 2022.3.26

春分

中分昼夜沐春阳，细雨新泥燕子梁。

一阵轻风掀客意，踏青陌上杏花香。

"龙吟诗社"微刊 2022.3.30

登白帝城

拾阶登白帝，慢步觅诗踪。

波缓江天阔，苔苍意兴浓。

萦怀音未去，循迹韵犹钟。

不见当年客，唯留落木重。

登丰都苏公祠

鹿鸣双桂赫，千里谒苏公。

苔厚砚池碧，薜苍碑碣雄。

文声驰四海，玉节耀天穹。

浩气垂青史，诗留两袖风。

《中华诗词导刊》春季最佳诗奖 2022.6.10

酉阳桃花源吟

每忆桃源入梦深，清流鸟语奏春音。

仙云绕壑花千树，碧岭携幽馥满襟。

漫步园中陶客醉，骋怀世外美诗寻。

酉阳秀色钟灵地，忘却尘嚣自放吟。

读孙会长太原文殊寺文感吟

龙城市井有清幽，般若灵根一脉收。

古瓦苍檐兴翰墨，参天老树证春秋。

慈怀圣德三千爱，智惠黎元百世猷。

宝殿犹闻香火气，佛光普照慧风留。

"潇湘紫竹"微刊 2022.4.20

壬寅清明祭

祭祖清明泪雨涟，家家墓上起青烟。

飞花无意连天苦，落絮伤怀泣血鹃。

两界亲情人远隔，一抔黄土梦长牵。

纸灰绕绕魂肠断，三叩西南拜九泉。

"唐风宋韵"微刊 2022.4.6

杏花

春风已入怀，玉影理裙钗。

一抹幽香动，于谁点粉腮。

"冰雪诗社"微刊 2022.4.6

迎春花

一抹金黄亮眼开，莹莹玉魄倚墙隈。

春寒不碍凌空绽，影俏何愁无客陪。

未与群芳争妩媚，惟将美景向蓬莱。

痴情唤得初心愿，烂漫神州好梦裁。

"唐风宋韵"微刊 2022.4.13

谒白公馆烈士遗迹有吟

歌乐山幽浩气萦，苍茫野岭仰天鸣。

森森谷壑腥风语，汩汩溪流碧血声。

烈火何摧肩道义，屠刀岂畏铸痴诚。

青松不老忠魂在，傲骨丹心写永生。

《诗词月刊》2022 年第 8 期第 22 页

介子推咏

一自胸中气节存，高风千古仰忠魂。

春秋逐鹿扶君笃，肝胆无私取义尊。

割股痴情何壮烈，惊天贞骨向昆仑。

荣华岂撼贤良志，百世英名百世恩。

"并州诗词"微刊 2022.4.16

庐山桃花源吟

自是桃源入梦痴，幽然圣境几回思。

情飞世外千重意，瀑挂云端满岭诗。

鸡犬声悠花绕蝶，风光锦绣客称奇。

青山叠翠尘嚣远，品得陶公韵一池。

《诗词月刊》2022 年第 12 期第 80 页

温峤咏

早逝英才叹栋梁，雄魂浩气几忠肠。

文韬久著扶贤主，武略常怀护庙堂。

孝悌闻名名至远，江山释志志尤长。

将军一世应无悔，辉在中原耀故乡。

"唐风宋韵"微刊 2022.5.4

河津市惠民公交赞

免费公交古耿行，条条大道伴歌声。

惠民德政千家喜，载满初心盛世情。

谷雨

煦煦和风萍始生，鸣鸠拂羽涨禾菁。

牡丹花榭舒眉客，醉向新梢听唱莺。

"龙吟诗社"微刊 2022.4.27

贺神十三航天员凯旋归来

摘星揽月赋新章，载誉英雄喜返航。

碧宇携程百年梦，凯旋一路铸辉煌。

注：2022 年 4 月 16 日，三名航天员翟志刚、王亚平、叶光富结束半年的太空驻留，顺利返回地球。

"冰雪诗社"微刊 2022.4.20

诗圣咏

自是驰名玉节留，青笺浪涌几沉浮。

飘零半世情何笃，坎坷艰途志尚遒。

笔挞昏污家国梦，胸怀社稷圣贤猷。

草堂野老风千古，辉耀中原韵不休。

忆少年·蜜蜂

轻姿款影，轻声蜜意，轻风何惧。芳魂几情笃，越龙潭闲步。

闯荡红尘祥万户，历千辛、苦甘谁诉。痴情但无悔，搏初心几度。

"冰雪诗社"微刊 2022.5.4

柳絮

轻名一世洁如霜，三月随风料峭扬。

不恋高枝追梦远，偏携挚愿共天长。

征途岂畏多凶险，为爱何忧坠岸塘。

但得明朝千里秀，初心无悔赋华章。

"潇湘紫竹"微刊 2022.5.4

鹧鸪天·颂抗日英雄李林

血染征袍鉴赤城，苍山烈烈仰崚嶒。桑干
河涌忠魂曲，马邑城辉巾帼英。

书浩志，铸坚贞。丹心一片勒峥嵘。芳华
铁骨传千载，石碣巍巍写永生。

"冰雪诗社"微刊 2022.5.11

观小区老柳树有吟

谡谡雄姿几秩轮，当年与我共青春。

孙枝繁茂挡风雨，老态沧桑历苦辛。

遮日驱埃冬夏守，啼莺落鹊福祥因。

布荫何惧炎威烈，同度光阴一梦循。

"潇湘紫竹"微刊 2022.5.11

怀豫让

侠骨贞魂见赤桥，漆身吞炭志冲霄。

一腔热血痴心笃，千古英名玉节昭。

知己知恩厚情谊，执忠执爱报琼瑶。

斩衣刎颈垂青史，义贯中原八百朝。

"并州诗词"微刊 2022.5.16

观踢毽

碧宇霞绡起，毽花迎日开。

凌空飞羽处，撷韵上笺来。

"冰雪诗社"微刊 2022.5.18

夏日怀吟

榴英吐艳娇，隔岸鼓蛙箫。

碧野随眸阔，重山望客遥。

思君非一度，对月正中宵。

醉看风掀柳，萦怀忆灞桥。

《百泉诗词》2022年第2期第29页

纪念延安讲话八十周年有吟

延河滚滚忆峥嵘，八十春秋号角鸣。

文艺方针幽梦远，兰章画卷壮图宏。

为民使命惟宗旨，励志忠魂几赤情。

唱响初心主旋律，复兴路上一灯明。

"山西诗词学会"微刊 2022.5.20

桑榆吟

忽觉浮生六秩匆，残阳暮照叹飘蓬。

千回旧梦醇醪里，一盏新茶燕语中。

欣入诗群寻雅趣，苦游瀚海效吟翁。

蹉跎虽是无夸事，几搏衰蹄老翅风。

"冰雪诗社"微刊 2022.5.25

角子崖游吟

云径悠悠九曲长，携朋伴友过重冈。

慕名角子崖巅景，撷韵青峰岭上香。

一涧清涟鳄分水，千寻绝壁鹚惊肠。

奇观正揽多方客，秀色钟灵在晋阳。

《诗词》2022 年第 15 期第 15 版

角子崖野餐

一路芬芳众客悠，熏风催宴醉莺喉。

餐台搭在白云里，笑语飞过碧岭头。

草绿花妍随酒兴，岚清景阔破君忧。

酡颜小曲心声荡，再约秋红惬意收。

《诗词》2022 年第 15 期第 15 版

童年小满忆

啼莺啭雀闹青枝，雨霁飞蜓点玉池。

一阵熏风掀客意，麦香已过竹墙篱。

"龙吟诗社"微刊 2022.5.28

浣溪沙·谒丰都苏公祠

双桂山祠翰墨风，韵中仙客几朝崇。苍苔萝薜也灵通。

旷世英才传万古，贞魂玉节忆贤踪。临笺谁不仰文忠。

"龙吟诗社"微刊 2022.5.28

韵中怀吟

翰墨幽幽一韵痴，才疏未敢作无题。

如何平仄情如故，更羡云山玉岭奇。

"冰雪诗社"微刊 2022.6.2

理发感吟（新韵）

苍发萧疏二色残，惟留憔悴半冲冠。

电推任剪沧桑味，逝去芳华不复还。

"潇湘紫竹"微刊 2022.5.31

怀屈原

每逢端午意沉沉，遥对南山祭一斟。

汨水携冤千古痛，骚风涌浪万篇深。

君忠玉节惊寰宇，天问英魂践赤心。

楚月同辉照青史，几怀洁韵泪沾襟。

游晋阳湖公园

一抹霞绡染，朝暾映碧湖。
桃花迎客媚，莺鸟抚琴愉。
波漾云沉影，风平望玉凫。
欢声满园醉，盛世绘新图。

海瑞

头顶乌纱一世清，为民请命几痴诚。
心牵黎庶洁魂笃，杖揆邪污铁骨铮。
宦海浮沉风两袖，襟怀坦荡志千贞。
耿持豸角垂今古，玉节昭昭与日荣。

鹧鸪天·访养花郎

古耿闻名养卉郎，土生土长在农乡。市场
独赖商中誉，信息全凭掌上王。

谈客户，守规章，诚心开路助辉煌。满棚
理想勾人念，举起华为照几张。

献歌二十大

使命担当百载行，经风历雨勒峥嵘。

群英汇聚谋新策，浩气从容步远程。

一任初心携梦笃，几回巨擘绘图宏。

征途岂畏多凶险，昂首龙腾号角鸣。

夏收

波波金浪曳，片片麦香醇。

不见挥镰客，欣看囤满珍。

"冰雪诗社"微刊 2022.6.16

乡村夏夜

消夏乡街暮色柔，轻风拂面醉莺喉。

八方来客瑶池舞，一曲迎宾碎步悠。

摆货摊前飞笑语，携郎佳丽喜盈眸。

人间昌乐升平世，炫彩霓虹映满楼。

流年感吟

暮色苍茫万里曛，一怀残梦绪纷纷。

三千往事随流水，满案愁情任卷云。

岁月留痕尘外影，风霜过眼额边纹。

不堪回首天涯路，行色匆匆叹几勋。

"唐风宋韵"微刊 2022.6.23

蔺相如

一腔热血铸贞魂，驰骋中原浩气存。

荦荦奇谋千载仰，嶙嶙玉节几朝论。

匡扶正义怀�삼义，抛却臣尊护至尊。

将相相和凭智勇，辉留青史照乾坤。

"太原诗词学会"微刊 2022.6.24

咏茶

嫩青合共紫砂荣，惟伴仙君奉挚情。

入腹几多痴雅客，敞怀犹可醉豪英。

红尘冷暖芳芬笃，劫海沉浮潋滟清。

悟得春秋明日月，一壶玉液品人生。

《诗词月刊》2023 年第 1 期第 26 页

风

挟雷裹雨过重冈，呼啸千钧荡八荒。

几是雄魂惊陌客，也多柔意慰衷肠。

无形无畏狂澜起，孤格孤行浩气扬。

嗟尔威风力谁挽，夺关拔寨岂彷徨。

"潇湘紫竹"微刊 2022.6.22

夏至即事

歇晌无眠卧簟酡，轻摇折扇听蝉歌。

虽言半夏暑难耐，一柄凉风伴叟哦。

"龙吟诗社"微刊 2022.6.28

父亲节忆父亲

一生辛苦一生忙，回首慈颜欲断肠。

梦里思尊千滴泪，尘中隔界百重伤。

孤撑重担任劳怨，全赖子身承柱梁。

几是艰难历生死，每怀伛影泣汪汪。

"冰雪诗社"微刊 2022.6.30

过龙山石窟

骄阳烈烈兴犹长，陟步龙山觅圣光。

列翠青峰溢灵韵，铺荫曲径送清凉。

安然石窟慈眉悦，泰若盘根慧目祥。

肃肃龛前怀敬意，巍巍一脉振乾纲。

"潇湘紫竹"微刊 2022.7.7

颂红军战士陈银华

赣水涌朝昏，胸中主义存。

倾心怀挚爱，披甲鉴贞魂。

生死何曾惧，英雄自可尊。

殷殷巾帼志，玉节共昆仑。

"冰雪诗社"微刊 2022.7.7

微信诗群

五湖四海一屏连，掌上乾坤指下缘。

造访无须携绿码，交流岂用动青笺。

句中合卯平和仄，群里迎眸柳与烟。

有信谁嫌饭来晚，满池灵韵状心篇。

《诗词报》2022 年第 17 期第 15 版

贺香港回归二十五周年

港岛悠悠赤子衷，荆花招展赋兴隆。

一朝开泰同昌盛，廿五迎春共乐融。

忆昔归途三百里，萦怀痴梦八千盅。

香江浪涌升平世，荡响初心九域风。

"竹韵江西"微刊 2022.7.1

初春怀吟

晓起朦胧步履迟，寒风瑟瑟曳春丝。

眸前但见梅凝雪，岸上犹闻鹊唤枝。

唯觉浮生轮过半，更留残梦客成痴。

赊它一百清词饵，钓个诗翁未可知。

诗咏感动中国人物巴金

如雷震耳仰英名，雨雾春秋呐喊声。

百载长河昭巨匠，千般盛誉鉴痴情。

墨求真理忠心笃，笔挞邪污大爱贞。

播得光明辉万卷，毫端浪涌壮新程。

诗咏感动中国人物高耀洁

执念忠魂见赤诚，丹忱一片系苍生。

红丝带抒初心志，天使情尊九秩荣。

全赖节操书大爱，独凭信仰铸坚贞。

悬壶济世君何笃，梦在人民日日萦。

咏荷

靓影粉和红，娇姿玉一篷。

塘前多缱绻，月下几玲珑。

落落竞相立，婷婷本不同。

清魂洁难浣，逸韵濯尘风。

"冰雪诗社"微刊 2022.7.14

谒太原大关帝庙（新韵）

老巷悠悠浩气萦，山门烈烈几朝荣。

苍苔古瓦连忠义，偃月青龙看纵横。

勇冠神州贤主佐，魂留汉室壮心征。

单刀匡世震华夏，烛下春秋史上名。

"太原诗词学会"微刊 2022.7.18

杏园芳·荷塘拾韵

陂塘倩影瑶枝，清风曳处神驰。蛙窥蝶恋醉成诗，苦无辞。

娇颜月下芳芬梦，伊人几度遥期。徒留红袖一怀痴，咏无题。

"冰雪诗社"微刊 2022.7.21

赞河津市政建设人

朝伴晨曦晚伴霞，一怀龙梦走天涯。

描来盛世图千卷，笑绽春风幸福花。

获河津"市政杯"诗词大赛一等奖

并州唱经楼

翰墨深深一梦收，龙恩榜上唱鳌头。

纵然盛况随尘去，多少英华照古楼。

"龙吟诗社"微刊 2022.7.29

观荷

溽气蒸腾酷，寻诗觅韵勤。

塘前观影动，尽舞石榴裙。

"冰雪诗社"微刊 2022.7.28

同学相聚有吟

黉门握别几相思，把盏樽前叹暮迟。

话向红尘多感慨，情随苍鬓悟兴衰。

犹存一梦杯中醉，未负初衷物外持。

琐事烦愁抛脑后，且将酩酊作无期。

《诗词》报 2022 年第 17 期第 15 版

龙吟诗社喜迎二十大有吟

廿大迎来喜欲讴，清词亮嗓壮怀遒。

行歌岁月豪情在，放咏辉煌雅韵流。

翁妪兴高无酷暑，毫笺重墨赞宏猷。

心潮涌处心花绽，笔下诗章盛世酬。

"唐风宋韵"微刊 2022.8.4

八一感怀

一声枪响起洪澜，唤醒农工百万竿。

草地雪山留足迹，贞魂铁骨跨征鞍。

捐躯只为炎黄梦，洒血犹怀社稷安。

党指宏途承大统，雄师烈烈铸坚磐。

"唐风宋韵"微刊 2022.8.11

书香撷韵

芸窗一梦执初衷，平仄词间入典崇。

美韵还凭书万卷，疏篇犹自愧诗翁。

"冰雪诗社"微刊 2022.8.11

贺河津市园丁诗词学会成立

宋雨唐风入校门，弘扬国粹沐朝暾。

三千桃李滋苗壮，玉阙风烟照耿魂。

夏日撷韵

放嗓蝉歌奏夏音，远岚携翠动诗心。

凌空烈日酷如火，入柳黄鹂暗抚琴。

汗淌周身无意境，蜓过塘岸醉花阴。

荷仙借我三分韵，一缕熏风送好音。

"唐风宋韵" 微刊 2022.8.18

霍去病

沙场霹雳震王庭，廿岁英才照汗青。

横扫河西西域定，驰驱漠北北疆宁。

挽弓勒马名华夏，舍贵安邦振羽翎。

凛凛神威扶社稷，雄风烈烈壮怀铭。

"并州诗词" 微刊 2022.8.19

万杉寺五爪樟

谡谡雄姿伟岸株，千年风雨化神躯。

啼莺落雀萦祥瑞，荫庇苍生社稷扶。

"冰雪诗社"微刊 2022.8.18

夏夜汾河公园

入夜向汾园，虹楼水里翻。

荷风塘上月，醉意客凭轩。

"冰雪诗社"微刊 2022.8.26

滨河单车道骑游

北南一道贯龙城，脚踏单车伴晓行。

紫陌悠悠果香馥，高楼矗矗岫烟轻。

延汾两岸蝉歌柳，惬意千重阁起笙。

大好心情随野阔，依阑醉赏抚琴莺。

"龙吟诗社"微刊 2022.8.28

清平乐·秋来暑尽

秋来暑尽，仍是无音信。花落花开容几损，
独倚榭阑遥问。

蛩声野草萋萋，星繁月缺无词。玉露难支
暗滴，宵风可寄相思？

"潇湘紫竹"微刊 2022.8.31

处暑

暑尽秋来陌野香，蝉音切切晚风凉。
繁枝玉露蛙声远，淅淅檐间夜漏长。

"龙吟诗社"微刊 2022.8.28

贺河津荣膺中华诗词之市

龙门喜雨汇诗河，雅韵新音铁砚磨。
更上层楼携梦远，尤驰墨海咏声多。
行吟岁月书鸿志，欣赋升平奏浩歌。
骚起文坛赢夙愿，风烟津渡壮怀哦。

"唐风宋韵"微刊 2022.9.15

运城盐湖咏

造化神工韵满池，谁挥妙笔赋新诗。

桃花乱播银湖水，多少骚人一梦痴。

葫芦咏

出落仙藤至古荣，灵姿贵影几多情。

乾坤在腹三千爱，喜乐同壶八百觥。

镇恶降妖携玉剑，赐祥纳福济苍生。

胸中自有凌云气，佑得春秋护太平。

"潇湘紫竹"微刊 2022.8.31

乐龙烙画葫芦技艺赞

烙笔游龙走，凝神玉臂迟。

胸中藏百卷，画里秀千姿。

胜过丹青手，邀来山水诗。

传承扬国粹，腕底韵风驰。

"潇湘紫竹"微刊 2022.9.7

参观乐龙烙画葫芦有吟

雍容贵态亚腰风，腹里乾坤客里崇。

文化联姻蜚声远，灵光辉在吉祥中。

"竹韵江西"微刊 2022.9.27

乐龙葫芦基地采风有怀

自是金风伴客祥，乐龙基地醉诗肠。

三分意境藏心里，百亩葫芦弹玉廊。

此处青藤追梦远，当中故事注情长。

满园理想勾人念，手握华为照几张。

"唐风宋韵"微刊 2022.9.1

喜迁莺·思友

秋月满，夜蛩鸣，波漾柳丝轻。隔湖犹
听过箫声，荡起一怀情。

望南郭，思前约，唳雁几回相托。伤情浓
处恨飘蓬，凭槛叹枯荣。

"冰雪诗社"微刊 2022.9.1

晒秋怀吟

晨光初照小山楼，簟晒斑斓醉仲秋。

串串红椒墙上挂，摊摊玉粒眼前浮。

迎来昨梦新晴里，盼得今朝好日头。

喜气萦怀心往处，无眠尽在恋乡愁。

"冰雪诗社"微刊 2022.9.8

叹岳飞遭陷

事不寻常自有妖，徒叹魑魅误王朝。

可怜偏听糊涂耳，千古奇冤痛未消。

"唐风宋韵"微刊 2022.9.8

秋怀

唳雁成排一字幽，凭阑遥望意难休。

篱边金菊露中艳，岭上丹枫陌外柔。

十里清风犹醉客，三杯诗酒可消愁。

吟魂鹤径南山梦，墨海撑篙渡晚舟。

"潇湘紫竹"微刊 2022.9.7

诗人与茶

敲平觅仄伴灵芽，裁得诗情喜作花。

壶里春秋研墨兑，一词一句逐无涯。

"冰雪诗社"微刊 2022.9.15

鹧鸪天·诗词进乡

古耿新村喜事多，唐风宋韵过乡河。丰收
画卷诗潮涌，惠政甘霖意兴哦。

粮满廪，垅飞歌。莺弹心曲墨掀波。眼前
笔底寻常事，咏海扬帆梦一箩。

鹧鸪天·中秋节巧遇教师节

一抹清辉耀九州，园丁节里恰中秋。风携
惬意诗过岭，墨著深情客放喉。

桃李满，吉祥酬。辉光同洒万家楼。词随
笔底心飞韵，对酒遥斟月下讴。

摘酸枣

坡上金凤曳翠微，携妻故里踏晨辉。

枝枝酸枣童年味，摘把酸甜带梦归。

"潇湘紫竹"微刊 2022.9.22

秋分

秋色平分昼夜匀，雷声遁去蛰虫呻。

一年光景今来爽，郁馥紫枝不染尘。

"龙吟诗社"微刊 2022.9.29

"竹韵江西"百期感吟

心存竹韵甚王侯，四载文坛雅逸流。

八百经纶融砚墨，一蓑烟雨破君愁。

宏图挚念诗飞梦，硕果盈枝馥满秋。

咏海扬帆骚浪起，倾情笔下壮怀谋。

鹊桥仙·仲秋问月

仙云几朵，痴心一颗，今夜月高无涴。清
宵柳下几衷情，可鉴得、良缘几果。

怀人眉锁，朱颜泪弹，多少悲欢离合？阴
晴圆缺喜多忧，可晓得、人间烟火。

"冰雪诗社"微刊 2022.9.29

故乡炊烟

袅向云端梦里萦，尘中几度忆三更。
随风每醉离乡客，隔岭犹闻呼饭声。
魂系故园心一颗，影连海角酒千觥。
延延绕绕撩思绪，不尽家山半世情。

《诗词月刊》2023 年第 2 期第 64 页

游黄河大梯子崖

挂壁天梯入碧穹，一阶一步一惊鸿。
千年栈道凿痕旧，百丈岩崖入韵雄。
瀑泻云端珠溅玉，身悬峡谷鹞争风。

回眸滚滚黄河浪，鲤跃龙门向九宫。

"唐风宋韵"微刊 2022.9.29

谒蒙山大佛

秋高览胜拜灵仙，一脉清流过梵烟。

礼佛诚随真意笃，沐辉客聚众心虔。

欣开慧眼通三界，俯瞰尘寰化百缘。

渡尽劫波风雨里，祥光普照德无边。

"冰雪诗社"微刊 2022.10.6

游狄仁杰文化公园

仰慕梁公鼎世才，相扶社稷盛唐桅。

几多崇客神槐下，一任风流百韵开。

过薛仁贵寒窑

漠漠荒郊霜草侵，慕贤忠勇客登临。

苍苔腐牖连豪气，曲径沿坡荡故音。

三箭天山一威定，单刀袍将百朝钦。

当年凛凛今何在，白虎岗前赋韵深。

朝登黄河大梯子崖

悬崖凿壁梯，立浪与天齐。

古道挥云去，呼来一岭霓。

"冰雪诗社"微刊 2022.10.13

鹧鸪天·重阳

晓起金风柳曳塘，青山披彩度重阳。登高遍览三秋景，放咏遥祈五福祥。

枫火艳，菊花香。望中归雁路茫茫。河东远眺家山缈，忆里尤怜萱草霜。

"唐风宋韵"微刊 2022.10.13

狄仁杰

千载英名仰栋梁，嶙嶙傲骨史流芳。

奉公直谏君臣意，肃纪诚扶社稷祥。

一任清风持豸角，无私大爱护朝纲。

痴心耿耿忠魂在，握管临笺忆盛唐。

满江红·谒黄陵

紫气萦空，垂千古、万民敬谒。开盛世、一支龙脉，几朝忠烈。沮水连绵流未尽，桥山傲立魂无竭。后土恩、松柏证风流，辉如月。

荫华夏，根不绝。将酹酒，朝天阙。看江山灵秀，岂容妖割。四海风雷齐奋起，五洲魑魅终湮灭。中国梦、圣德赐宏猷，同心结。

诗人与酒

诗风堪比酒风长，就菊东篱盏伴黄。
休怪诗翁无妙句，一壶下肚也成行。

冰雪诗社微刊 2022.10.20

秋吟

菊艳荷残晓露凉，清魂伛影叹沧桑。
身临韵事无心管，梦向家山忆客伤。
望里河汾秋正好，归途鸿雁路犹长。

今朝携友登高去，摘朵飞云寄故乡。

"唐风宋韵"微刊 2022.10.20

谒黄帝陵

肃肃高陵拜圣恩，青烟绕绕八千尊。

桥山矗矗无穷势，沮水悠悠不朽魂。

酹酒三杯光社稷，祈祥一梦壮昆仑。

开元厚德仰今古，赐福苍生荫子孙。

龙山红叶

一岭金风醉，谁将枫火燃。

层林凭色媚，片叶竞娇妍。

露重虽言暮，秋红别有天。

飞霞千里外，灼灼出岚烟。

"并州诗词"微刊 2022.10.22

霜降

露湿枯黄菊正柔，长空雁叫入云幽。

登高远望千山邈，十里红枫一叶秋。

"潇湘紫竹"微刊 2022.11.10

结婚三十六周年有吟

卅六光阴敬若宾，衷情以沫共风尘。

三千往事心中忆，一路艰程雨里珍。

织梦相扶同苦乐，齐眉何惧守清贫。

今朝再举交杯酒，醉向当年月下人。

"潇湘紫竹"微刊 2022.11.5

登赏崛峋山红叶

登高携伴沐清风，赏尽娇妍三百崇。

半染胭脂仙客醉，如何能不恋秋红。

"冰雪诗社"微刊 2022.11.28

银杏

守得高情亘古纯，千年岁月化嶙嶙。

风摇小扇萦骚雅，霜伴清魂远俗尘。

莫叹鎏金萧瑟里，且看风韵漫天垠。

翩翩一抹长笺绘，坠向墙隈也绝伦。

"潇湘紫竹"微刊 2022.11.16

游崛崮山天坑

一岭齐云耸，仙坑醉客章。

余音壁间绕，灵气腹中藏。

奇可昭今古，雄能发吉祥。

赐来千叠韵，不老共天长。

"潇湘紫竹"微刊 2022.12.14

客里

秋深露冷伴枯藤，四十年来一诺凭。

逐梦晓霞行远道，寻诗暮日作清僧。

魂牵故里他乡影，暖是家中那盏灯。

历尽风尘霜两鬓，屏前苦乐兴犹仍。

"冰雪诗社"微刊 2022.12.12

浣溪沙·秋

云淡天高雁字悠，鎏金陌野郁香浮。红枫烟岫小山楼。

绽菊篱前观玉朵，晒秋簟上醉丰收。今朝又是好年头。

"潇湘紫竹"微刊 2022.11.16

体检

汩汩殷红几管流，百般仪器测无休。
横连胸廓窥心里，竖躺核磁望脑丘。
五脏指标从细检，三高数据待详求。
观颜察色随相问，不怕形衰怕血稠。

"潇湘紫竹"微刊 2022.11.23

尉迟恭

乌骓啸处起钢鞭，义守雄魂玉节诠。
正德无馋扶圣主，忠心可鉴镇狼烟。
挽弓玄武江山立，受命疆场胆气宣。

黑面将军昭后世，神威凛凛敬坤乾。

"并州诗词"微刊 2022.11.18

福地南山咏（新韵）

一境风光五色裁，飘香吐雾醉蓬莱。

仙松千载根犹壮，寿谷幽溪魂不衰。

俊矣神山灵气蕴，悠哉远客氧吧来。

借得踏海持莲手，赐我黎元福运开。

初冬随吟

秋红渐去叶飘零，冷木萧萧鸟懒停。

有绪窗前驰远目，无心案上伴寒屏。

徒怜郢客空怀梦，不胜云笺几对铭。

抛却闲愁重打理，但期新句入诗灵。

"潇湘紫竹"微刊 2022.11.30

鹧鸪天·别秋

远去归鸿梦影寒，高梧坠叶叹形单。篱边
玉朵风摇露，陌上霜枝柳弄烟。

望远岫，对萧天，心飞故里过乡关。擎醪
再问今宵月，几日河东向客圆。

"潇湘紫竹"微刊 2022.11.30

小雪

踏雪寻梅尚早时，循篱赏菊已嫌迟。

随风老叶霜中舞，簌簌墙隈坠冷墀。

"龙吟诗社"微刊 2022.11.27

枫叶落

萧萧飞叶作相思，一抹红颜坠也痴。

赏客莫嫌秋色老，无经霜厚怎成诗。

"潇湘紫竹"微刊 2022.11.23

与俩孙儿视频有吟（新韵）

屏前一见喜盈腮，最爱铃声响过来。

烦恼悄悄由此去，心花每每是时开。

欣听稚语亲犹切，醉解天伦淘也乖。

远雾重山虽漫漫，微波千里寄情怀。

"潇湘紫竹"微刊 2022.12.7

游桃花谷

郁馥出山门，花妍动客魂。

琴莺携曲处，飞韵落诗痕。

"冰雪诗社"微刊 2022.12.8

君子兰

叠青攒朵自轻匀，娇绽厅堂远俗尘。

不吝乾乾君子范，也多俊俏也清纯。

《中华诗词导刊》（绝句选粹）2023.4.18

冬日随吟

深秋一夜到初冬，雪约梅枝梦玉容。

青女篱前怀瘦菊，朔风溪壑啸苍松。

尤惊漠漠霜丝尽，几叹萧萧落木重。

振作吟魂抬望眼，文山越待五千峰。

"冰雪诗社"微刊 2022.12.15

豆芽咏

根在金盆长昼宵，仙姿玉影小蛮腰。

无心铁骨参天壮，有梦纯情动客娇。

莫怪生来非艳冶，且看出落任苗条。

休言少节尘中嫩，点豆成珍伴盏饶。

"唐风宋韵"微刊 2022.12.12

秋雁

一抹霞绡染，征鸿路几长。

重山岂能隔，逐梦向衡阳。

赋得"老树呈秋色"

槛外虬枝瘦，萧萧坠叶孤。

风寒青色尽，韵厚彩笺涂。

簌簌知秋意，翩翩向陌衢。

沧桑百年老，盛败几回枯。

望影时惊梦，思君每醉壶。

萦怀多少客，倾盏对霜株。

"冰雪诗社"微刊 2022.12.19

咏裴度

终生扶主老臣心，一任贤良抱素襟。

忠向皇恩声远播，功留青史贵无淫。

锄邪触佞朝纲正，平乱固瓯高德深。

守得清魂明社稷，雄谋贯日度祥荫。

"并州诗词"微刊 2022.12.18

窗前望梧叶飞

瑟瑟寒风曳暮枝，翩翩坠叶忍相离。

题冬几是飞魂冷，逐梦犹怜颓影痴。

洗尽铅华看奋翮，招来金凤盼归期。

明朝待到山河秀，再借莺喉鹊报知。

"唐风宋韵"微刊 2022.12.19

初雪

一夜翩翩万里皑，关山望尽客无回。

茫茫野岭河东路，脉脉冰魂雪上梅。

敛得嚣尘飞素韵，飘来洁影漫天隈。

潇潇不阻心中忆，遥向萱堂对玉杯。

"冰雪诗社"微刊 2022.12.22

癸卯迎春

斗柄东移兆福祥，龙吟虎啸起华章。

乘风玉兔携宏愿，带韵梅枝点艳妆。

岁守初心随梦笃，人迎盛世与天长。

邀朋遥醉今宵酒，同觅清词共举觞。

阎红彦将军

百二秦关铁马骁，英姿束发挂证骄。

贫寒岂可拘鸿志，热血何曾折贵腰。

执剑疆场黎庶渡，救邦绮梦壮怀昭。

至今烈烈雄风在，不老忠魂号瓦窑。

"龙吟诗社"微刊 2023.2.27

冬夜

瑟瑟寒风冷木摧,寻诗伴月醉新杯。

玻璃窗上冰成画,陌野枝头绛点梅。

每叹浮生徒半去,尤怜韵客几多颓。

霜丝莫问深和浅,夜下斟词梦作陪。

"冰雪诗社"微刊 2023.1.5

壬寅岁杪客居

远赴皇城里,携孙叟影安。

谁言羁客苦,膝下绕堂欢。

"冰雪诗社"微刊 2023.1.12

照看孙儿有吟

岁杪京城伴幼孙,朝迎旭日晚携昏。

劬劳不碍天伦度,惬意常因稚气存。

负重牵情人有梦,倾心挽爱累无痕。

尘间五味甜和苦,只愿祥云沐后昆。

"唐风宋韵"微刊 2023.1.12

鹧鸪天·春风

上岸江湄一信风，携春煦煦百园中。吹醒北国千川绿，拂向新梢满岭红。

歌遍野，韵无穷，蜂迷蝶舞艳香浓。轻摇湖面云掀影，醉煞骚人忆客容。

《诗词月刊》2023 年第 4 期第 15 页

陀螺

憨态玲珑醉玉螺，鞭梢声响舞婆娑。

羡它一转同寰宇，伴我童年好梦多。

"唐风宋韵"微刊 2023.1.21

芦花

玉浪清风浩浩绡，贞魂素影向天娇。

柔姿一抹轻霜度，洁魄千般韧骨雕。

漫播深秋同月色，纷飞柳陌过蓝桥。

纯情款款几多意，何处怀人动紫箫。

"唐风宋韵"微刊 2023.3.9

玉兔迎春

华灯初上喜迎春，福伴红联字有神。

瑞气盈门辞旧岁，招来玉兔送祥氲。

"冰雪诗社"微刊 2023.1.21

鞋山咏

孤峰耸峙上瑶台，舸影烟波一境裁。

仙女妆梳临玉镜，神山翠涌韵天垓。

沐风蕴瑞千年魄，毓秀钟灵八百魁。

代有贤英传今古，祥音还伴福音来。

异地过年有吟

寄客他乡癸卯春，携孙守岁度天伦。

声声鞭炮经年味，缕缕情牵伛影人。

墨泼青笺怀旧事，心回故里忆慈亲。

浮生几叹苍颜老，点韵凭窗倾盏频。

"冰雪诗社"微刊 2023.2.2

癸卯年初二携眷游丰台密林谷

刺骨寒天走乐园，密林谷里沐春暄。
南来北往如潮涌，客浪掀时紫浪翻。

癸卯初春吟

流年惊客老，对月几凭阑。
夜冷知霜重，鬓衰怜影单。
萦怀多少事，忆往苦甘酸。
独有梅前韵，相携一梦残。

看电影《满江红》有感

一部满江红，千秋刻骨忠，
家邦情与爱，廊庙雨和风。
壮士含冤去，贞魂喋血崇。
巍巍豪气在，谁不识英雄。

"潇湘紫竹"微刊 2023.2.22

癸卯元宵夜

东风拂柳月开轮，十里华灯笑影频。

接踵欢颜萦喜气，流虹散玉醉香氲。

谜猜瑞兔中宵夜，龙舞平安盛世春。

乐在眉梢歌在路，扶摇腾焰兆祥辰。

"并州诗词"微刊 2023.2.8

新正试笔

又见金丝柳，柔姿一岸春。

喜听枝上鹊，唤醒阁中人。

盏浅嘲翁老，联红映景新。

开耕思故里，膝下绕堂亲。

"冰雪诗社"微刊 2023.2.16

夜雪

一夜翩翩下玉台，翻飞碧瓦过墙隈。

贞心岂负前生约，许得虬枝几度来。

"唐风宋韵"微刊 2023.2.16

饭后散步得句

暮后街衢缓缓行，千家灯火耀层城。
流虹绽彩和风伴，惬意欢颜喜气生。
步丈重楼观万象，耳听金曲豁双睛。
闲愁琐事九霄外，只把心湖向晚平。

"唐风宋韵"微刊 2023.2.23

松花江冰花

笑沐晨霞丽影裁，仙姿只合在瑶台。
洁魂岂是尘中物，俏向人间几度开。

"冰雪诗社"微刊 2023.2.23

江南春·春望

山迤迤，梦悠悠。乡情飞柳陌，塘岸起莺
喉。凭阑怀望河东远，千里烟波羁客愁。

"填词大学堂"专辑 2023.2.26

春雪

一夜潇潇遍玉容，尘嚣荡尽迹无踪。

欲知何处觅春信，陌上梅香伴雪浓。

"龙吟诗社"微刊 2023.2.27

早春游园

醒柳丝丝曳，游春一径闲。

独闻湖畔笛，不见子规还。

"冰雪诗社"微刊 2023.3.2

早春游望

望乡忆故人，叹尽物华新。

远岫遮青目，和风醒孟春。

雁归犹奋翮，客寄枉怜蘋。

断线纸鸢苦，徒伤几泪巾。

谒西校尉营关帝庙

古庙清幽隐巷中，威声绝代谒雄风。

山门烈烈萦豪气，正殿巍巍仰赤忠。

德厚千年魂尚在，刀横一柄义犹崇。

高名旷世垂青史，勒马谁于武圣公。

"邂逅诗词"微刊 2023.3.21

谒南肖墙关帝庙

门萦浩气史流芳，万古威名谒栋梁。

碧瓦飞檐连大义，尊颜画壁忆忠良。

尤闻香火平安赐，几敬英魂玉节扬。

勇冠中原千载颂，横刀谁不识云长。

"潇湘紫竹"微刊 2023.3.23

金错刀·春柳

枝袅袅，意舒舒。东风过岸醒柔躯。鎏金一缕知春信，携韵三千钓碧湖。

莺唝客，鹊蹲株。伊人树下步徐徐。春刀

轻剪娥眉秀，十里烟波醉玉壶。

《诗词月刊》2023 年第 7 期第 18 页

春遣

千重岸柳映湖柔，徒有东风过玉楼。

几梦篱园花气紫，何销寒意孟春遒。

三杯浊酒徊庐室，一纸酸诗遣客愁。

欲效唐音思李杜，青丝不见鬓霜留。

"唐风宋韵"微刊 2023.3.16

鹧鸪天·云

似练如团上九重，往来春夏与秋冬。无边无味轻魂著，携韵携情洁魄融。

临玉阙，越青峰，驾风播雨吉祥从。霞飞浪涌阴晴里，化作雷霆啸玉龙。

"唐风宋韵"微刊 2023.3.16

名相文彦博

驰驱廊庙寄忠魂，九秩春秋几世恩。

吐哺贤良高格在，扶君社稷壮怀存。

名清似鉴平冤狱，德重如山仰后昆。

千古流芳辉史册，一朝廉相百朝尊。

"并州诗词"微刊 2023.3.20

迎春花咏

料峭东风里，莹莹玉朵奇。

凌寒妍不碍，摄魄意犹痴。

影洁多崇客，情纯可赋诗。

初心君几笃，一梦发先枝。

"唐风宋韵"微刊 2023.3.23

西安古城墙

龙脉千年耀古城，巍巍壁耸忆峥嵘。

几嗟垒厚萦王气，犹梦宫深过柝声。

腐瓦苍苔前事在，高墙玉砌剑光迎。

长安门外观青雾，烽火烟村罢远征。

《诗词月刊》2023 年第 7 期第 18 页

夜读

客里天星映满江，三更牍案韵家邦。

唐风引得痴心笃，梦在青笺月在窗。

"龙吟诗社"微刊 2023.3.26

仲春即景

缕缕和风过岸来，一花开尽百花开。

何如烟柳塘前舞，梦得伊人灞上徊。

"冰雪诗社"微刊 2023.3.30

南歌子·桃花

陌上凌空艳，枝前动客芳。无意过篱墙。
只将灵秀色，献春郎。

禾雀花

洁魄英姿媚，凌空妙剪裁。

莹莹飞倩影，落落下瑶台。

一抹清纯著，三春款步来。

蝉英灵秀色，谁与比香腮。

"唐风宋韵"微刊 2023.3.30

仲春思友

玦月入窗扉，春华久客违。

思君几朝暮，别浦忆相挥。

白玉兰

融融春色里，落落玉堂前。

只为知音故，清纯向客妍。

"冰雪诗社"微刊 2023.4.6

桃花咏

灼灼篱前火一篷，蜂迷蝶恋沐和风。

枝枝香艳招青目，缕缕纯情漾嫩红。

未过西墙幽愿守，尤嗟玉影赤魂衷。

无言俊俏几多羡，点得春妍景不同。

"唐风宋韵"微刊 2023.4.6

龙吟诗社成立十五周年贺

十五春秋荡雅音，唐风一任赋初心。

文坛缘结痴情笃，墨案笺驰素韵深。

律动宏图怀夙愿，行歌绮梦啸诗林。

毫尖浪涌龙章起，唱响辉煌共放吟。

"唐风宋韵"微刊 2023.4.13

春愁

簌簌春红逝水流，疏妆玉步下朱楼。

不知缘尽多情误，却恨飞红点点愁。

送别

醒柳悠悠曳碧丝，与君握别忍相离。

才逢盏满倾怀醉，遽作人分对影痴。

执袂难留情默默，携愁无尽意迟迟。

天涯此去多珍重，待尔同斟月下期。

"冰雪诗社"微刊 2023.4.13

司马光

忠魂荦荦照清襟，玉节千年旷世音。

佐主常存刚正骨，怜民犹见老臣心。

四朝大略扶廊庙，一部鸿篇鉴古今。

吐哺贤良驰誉远，廉风典地德何深。

"并州诗词"微刊 2023.4.23

山西青铜博物展

肃肃厅中探古幽，商周履步越春秋。

鸟樽铜铸沧桑鉴，鱼雁灯传岁月留。

磬击千年萦美律，技辉九域启宏猷。

一支龙脉蜚声远，亘亘文明冠五洲。

"唐风宋韵"微刊 2023.4.20

生态河津

乡园漫步望长汀，九曲河汾列翠屏。

拂柳和风迎客爽，驰眸远岫透岚馨。

桃夭陌上蜂迷朵，水碧塘中燕点翎。

一抹清新凭槛醉，今宵玉盏数天星。

思帝乡·羁客

他乡。暮春花逝塘。飘落恁多惆怅，意茫茫。望里重山相隔，忆君晓梦长。凭槛几添愁绪，镜中霜。

风流子·杏花

三月暄风过岸。倩影枝头初绽。姿妩媚，瓣芳芬，一秒过墙娇婉。君羡。蜂恋。描尽春光无限。

清明回乡

又是清明雨断魂，烟畴碧野祭先尊。
几多游子心归处，一抹乡愁伴泪痕。

清明回乡祭

细雨丝丝湿客深，清明故里几相寻。

远山不阻痴痴意，近梓尤怀切切心。

一跪坟前扶旧土，三躬冥外咽哀音。

青烟绕绕徘徊久，踽步难移泪滴襟。

梨花

清纯带露娇，洁影寄琼瑶。

莫叹尘缘尽，香魂在谢桥。

梨花咏

蝶恋蜂迷一树新，冰姿款影动香尘。

素颜不碍阶前媚，洁魄犹崇韵里频。

何屑疾风魂作雪，岂关冷露泪盈巾。

南塘坠也情如故，满腹幽怀向玉轮。

"邂逅诗词"微刊 2023.5.3

过祁县晋商老街

肃肃街行仰晋商，明清酒幔拂沧桑。

飞檐腐瓦雄浑在，古壁深庭富贵彰。

信守胸中赢美誉，票通天下铸辉煌。

几多烟火升平忆，光耀神州梦远航。

"潇湘紫竹"微刊 2023.5.3

暮春怀望

飞红槛外落青枝，远望乡山月下痴。

已是春阑惆怅处，何销杜宇夜啼时。

"潇湘紫竹"微刊 2023.5.3

长平之战怀古

一将成名万骨埃，长平陌上泣高台。

沙场历历声犹震，杀谷幽幽鬼尚徊。

争霸春秋多少怨，惊魂剑钺几朝摧。

皆言千古丹河痛，又有谁怜白起哀。

"冰雪诗社"微刊 2023.5.4

黑牡丹

洁魂玉骨动香尘，艳压群芳倾国珍。

墨色天成一枝秀，风姿应是下云轮。

"竹韵江西"微刊 2023.6.3

采桑子·暮春游园

游春园里摇轻步，曲径悠悠。瓣落朱楼，
点点飞红水上浮。

空闻几处莺啼暮，一抹清愁。隔岸箫幽，
伫望斜阳怅远眸。

"冰雪诗社"微刊 2023.5.11

游太原古县城

观澜门外望坚城，古垒高墙肃肃行。

雾锁春秋留岁月，尘封盛败忆峥嵘。

拂风酒幔欢颜客，接踵人流笑语声。

犹沐当年烟火气，沧桑不改历朝荣。

"唐风宋韵"微刊 2023.5.11

过晋中常家大院

古宅深庭九域雄，亭台水榭夺神工。

飞檐挑角恢宏铸，刻壁雕梁富贵通。

信守千秋驰远誉，诚连四海搏无穷。

思危省道宏图展，一代儒商百世风。

"唐风宋韵"微刊 2023.5.18

廉吏于成龙

玉节高风举世清，嶙嶙傲骨敬苍生。

苦甘何计民为重，廊庙犹怀国以荣。

粗食一盂肩社稷，洁魂几许写忠贞。

墓前缕缕青烟盛，卓异千秋死后名。

"并州诗词"微刊 2023.5.22

读《资治通鉴》有感

上下千年著，风烟一卷收。

揽篇堪醒世，通古可知猷。

捭阖沧桑鉴，驰驱廊庙求。

悠悠尘海里，鹿梦搏无休。

生态河津建设

荒坡峭壁赋初心，汗洒林苗一梦深。
待到黄莺枝上报，宏图绘就绿成荫。

立夏即景

漫从柳岸赏琴莺，晓雾重山惬意生。
谁把荷芽初唤起，南塘昨夜鼓蛙鸣。

初夏游吟

晓霞飞远岫，慢步过青郊。
曲径魂销处，佳音在柳梢。

初夏出游途中有吟

电掣长龙掠地飞，驰眸碧野映晨辉。
春光漫道江南尽，水色烟光抱翠微。

初夏出游浙西南

铁龙原上越，千里下江南。
翠涌连天碧，莺歌带韵酣。
行宫人未在，吟魄意犹覃。
鹭起钱塘阔，遥迷西子簪。

"唐风宋韵"微刊 2023.6.1

初夏宿舟山群岛南沙村有吟

翠掩山村晓雾轻，云中漫步醉琴莺。
何来圣境蓬壶妙，听鸟听潮听韵声。

"潇湘紫竹"微刊 2023.6.3

暮春落花吟

簌簌飞红处，春残别玉枝。

飘飘尘海里，恋恋暮霞时。

梦断情犹笃，形单意尚痴。

何销风雨切，片片落相思。

"龙吟诗社"微刊 2023.5.26

初夏宿雁荡镇响岭头村有寄

晓沐熏风步履轻，岚烟绕岫紫光萦。

此中真意何销得，听鸟皆为平仄声。

"唐风宋韵"微刊 2023.5.24

鹧鸪天·霞

朝染晨绡暮染纱，生来丽质艳无瑕。魂萦
天际千寻梦，影伴仙风四海家。

辉遍野，韵飞槎。归渔江上乱金花。莫愁
前路时光少，入得丹青一卷嘉。

"冰雪诗社"微刊 2023.6.1

乾和祥茶叶品质有吟

碧茗香驰四海尊，乾和萦瑞百年根。
嫩青融萃赢高誉，紫盏沉浮悟玉魂。
十万大山灵气蕴，一流佳品古风存。
三分雅注诚铺路，凤髓龙团仰后昆。

有感乾和祥老字号

古镜皇封兆吉祥，茶途悟道铸辉煌。
业经百载诚为本，雅注三分信作纲。
尚有谦风携盛誉，浑无厚利启新章。
名驰华夏声犹远，守得乾和玉茗香。

参观乾和祥茶庄有感

招祥纳瑞毓乾和，白载留香一梦驮。
博得春秋同日月，沉浮不碍逐清波。

相逢故友

柳烟蔼蔼鹊声频，如愿尊前会故人。
契阔衔杯翁敬客，欢愉忆往话无垠。
百千兴致醪中醉，几度音容序里循。
难忘与卿挥别意，再寻旧梦约红尘。

"冰雪诗社"微刊 2023.6.8

访乾和祥茶庄

青砖碧瓦苍，蕴厚客盈堂。
情著三分雅，招来一品香。

乾和祥品茶

潋滟清波馥，灵芽摄客魂。
何销仙界里，一盏笑王孙。

渔歌子·仲夏汾河公园寻荷

柳岸氤氲缓步行，汾河之上水风轻。

兰棹荡，鼓蛙鸣，新铺翠盖惹雏蜻。

茂名荔枝咏

绝尘一骑贵妃红，天上人间至味同。
万亩荔香飞四海，千重蜜意蕴无穷。
枝沾灵气紫光沐，地赐冰肌旷古崇。
独擅声名三百誉，清甜还看岭南风。

访鲁迅故居

古巷深庭竟世名，江南烟雨蕴贤英。
书香缕缕萦三味，入耳犹听呐喊声。

"唐风宋韵"微刊 2023.6.8

过舟山跨海大桥

一桥高架镇风涛，踏海飞云振翅豪。
欲丈龙潭三百里，凌空足下任君翱。

"唐风宋韵"微刊 2023.6.15

卜算子·谒普济寺

曲径啭琴莺，晓步穿云雾。凭杖寻禅古刹幽，林静慈航护。

梵磬濯尘心，只恐无缘悟。合掌祈祥一念诚，赐我红尘渡。

"冰雪诗社"微刊 2023.6.15

鹧鸪天·清徐葡乡新貌

十里香飘景醉人，葡红染俊小康村。三农惠政清风爽，万亩珠瑛好梦真。

山旖旎，水清粼。莺弹琴曲客销魂。歌飞陌上诗过岭，鹊报祥音福进门。

西湖游

一汪碧水溢清灵，款款瑶姿出翠屏。
鹭起蹁跹湖上舞，莺歌婉转雾中听。
断桥圆梦飞仙境，堤岸驰眸望岫青。

引醉千年多少客，犹迷西子影婷婷。

"邂逅诗词" 2023.6.15

过普陀山

林幽通鹤径，梵磬濯尘嚣。

礼佛深三拜，诚无差一毫。

寻胜雁荡山

携程踏雾向蓬莱，翠涌重峦一境开。

古涧绝崖神斧劈，灵峰异石鬼工裁。

鸟因山峻濯尘耳，瀑为诗豪丈玉台。

裂罅生烟仙气聚，熏风载客八方来。

寻幽王封一线天

踏雾寻幽何快哉，青峦裂罅觅诗来。

三千玉朵尽情绽，一线奇观可意裁。

水琢长廊惊岁月，鸟登绝壁唱蓬莱。

雄姿揽得八方客，梦里风光入镜台。

夏日随吟

去岁他乡望故乡，徒悲词尽断诗肠。
而今有句无新意，独叹吟魂伴夕阳。

汨罗魂

去岁汨罗弹泪时，飞魂五月壮魂痴。
而今五月纶长下，不钓鱼儿钓楚辞。

览省博物院晋国霸业馆有怀

仰瞻三晋竞风流，一脉文明冠九州。
耒耜农桑开社稷，青铜技艺耀春秋。
犹存大略辉煌铸，几逐中原霸业酬。
亘亘长河观足迹，洋洋千载汗青留。

观雁荡山大龙湫瀑布

翠涌林涛破雾开，飞珠溅玉泻瑶台。
斺斺十里岂能束，驾得仙云啸九垓。

初夏游江心屿

孤悬一屿矗江心，涌翠连波鸟抚琴。

最是筠风留客意，鹿城山水有清音。

甲辰首雪

濛濛十里雪如烟，瑞降龙春第一篇。

粉扮梅妆分夜色，玉雕素韵上涛笺。

冰枝客唤凭窗意，野陌辉明隐月天。

何奈围炉无好句，倾醪三盏枕书眠。

"竹韵江西"微刊 2024.2.27

故乡龙年元夕跑转灯

欢声不夜彻元宵，舞起旋灯五百潮。

火炭飞星开道阔，红绸漫彩照天娆。

流光赋景人尤醉，震鼓喧春福自昭。

喜在眉梢歌过岭，九重腾焰振龙朝。

"冰雪诗社"微刊 2024.2.24

癸卯六九吟

雪霁风催曳梢重，云飞碧落鹊声诵。

春题柳岸韵千层，朵绽梅枝情一统。

几度望乡思客遥，三更伴盏吟怀共。

今来借得薛君笺，隔日祥龙诗敬奉。

"冰雪诗社"微刊 2024.3.6

题图《福临门》

泼彩临池兆福来，画风浓淡吉祥裁。

才情妙手马良笔，腕底丹青上玉台。

"潇湘紫竹"微刊 2024.3.10

题图《葡萄》

一镜琼枝弹玉瑛，玲珑挂粉紫香轻。

垂涎只怪丹青手，未待鲜尝瑞气生。

初春

何时春上岸，一夜柳丝醒。

风送三千韵，阳生十里青。

戏波浮鸳影，啭喜振祥翎。

我与东君约，寻诗过雁亭。

"潇湘紫竹"微刊 2024.3.10

癸卯七九吟

巨龙献瑞万民待，吐艳良辰花似海。

爆竹冲天照玉霄，华灯映雪飞霓彩。

招祥纳福意何诚，守岁迎新情未怠。

欲把清词梦里寻，任凭盛世歌千载。

"冰雪诗社"微刊 2024.3.13

晋阳古城考古博物馆

跨越春秋过汉唐，九朝遗迹铸辉煌。

蟠螭纹鉴山河久，柿蒂钫昭社稷长。

并举三城驰远誉，同飞一梦兆祯祥。

何缘引得八方客，厚土文明看晋阳。

癸卯八九吟

已解冰封一岸春，塘前瘦柳欲翻新。
约归雁阵衡阳起，睢望晴空唤鹊频。
风过南桥浮绿野，蕾含玉瓣蕴祥辰。
今宵应是无眠夜，火树龙灯耀故岑。

辘轳体"一枝初绽小楼东"

一

一枝初绽小楼东，展尽娇姿向苑中。
来赏春姑频踮足，几时夜染粉和红。

二

楚楚腰肢款款风，一枝初绽小楼东。
纵然无意伸墙外，吮得春妍遍野中。

三

悄施粉黛挽春风，隐隐轻香野陌融。
倏看儿童呼指处，一枝初绽小楼东。

癸卯九九吟

煦煦塘前胖柳风，湖沉倒影鸭梳绒。

南来雁阵千川悦，地涨新苗十里葱。

杏蕾欲开迷郭外，哞声似起梦心中。

寻芳陌上清词觅，待赋春潮火一篷。